目次

若殿八方破れ（二）　木曽の神隠し

登場人物

真田俊介　信州松代真田家跡取り。
真田信濃守幸貫　俊介の父。真田家当主。
大岡勘解由　真田家国家老。幸貫の側室の父。
真田力之介　真田家次男。俊介の異母弟。勘解由の孫。
海原伝兵衛　真田家二代に仕える爺。家中一の忠義者、俊介の守り役。
寺岡辰之助　真田家家臣。海原伝兵衛とともに俊介の世話をする。
田川新之丞　真田家江戸屋敷目付頭。母は珠世。
皆川仁八郎　俊介が修業する奥脇流道場の師範代。道場主は東田圭之輔。
池部大膳　江戸幕府大目付。次男に興之助がいる。
似鳥幹之丞　浪人。やくざ峨太郎一家の用心棒。
弥八　遊び人らしき謎の男。
おきみ　錺職人時三郎とおはまの一人娘。
築地悌蔵　江戸南町奉行所定廻り同心。
福美・良美　姉妹。筑後久留米有馬家の姫。

第一章　峠の一文銭

一

格好の場所だ。

風向きも思った通りである。

ほくそ笑んだ善造(ぜんぞう)は片膝をついて草をかき分け、眼下を見下ろした。

半町先の街道沿いに、団子、饅頭(まんじゅう)と記された幟(のぼり)が風に揺らめいている。善造の背後から降り注ぐ陽射(ひざ)しはやわらかで心地よく、茶店に簾(すだれ)は立てかけられていない。

縁台に座り込んだ旅人たちは満面の笑みで茶を喫し、饅頭をほおばり、団子を口に運んでいる。陽射しをゆったりと浴び、誰もが旅を心から楽しんでいる様子だ。

果たして真田俊介があの茶店に寄るかどうか、賭けではあるが、真田家の若殿の道行きには女の子と年寄りが一緒である。だらだらとした上り坂がようやく終わり、健脚の者でも一息つきたいと思うはずの場所に、茶店は建っている。心優しい俊介は、足弱の二人の疲れを少しでも和らげるために、しばしの休憩をあの場で取るのではあるまいか。

陽射しに初夏らしい強さは感じられないといっても、山道続きの中山道を歩いてきた以上、俊介一行はひどく汗ばみ、喉も渇いているにちがいない。実際、自分もそうだった。腰に下げた竹筒はすでに空である。

別に、休んでいるところを狙わずとも、街道を歩く俊介を撃ち殺すのはわけない。この距離で、外すはずがないのである。

だが、善造としては万全を期したかった。なにしろ、報酬が破格なのだ。五十両もの前金が積まれ、さらに仕事に成功した暁には、百両の後金が懐に入ることになっている。

ここでしくじり、太っ腹な依頼主の信頼を失いたくはない。腕を見せつければ、新たな依頼が入ってこよう。百五十両もの報酬をぽんと弾む依頼主など、そうそういるものではない。

俊介の一行は、あと四半刻（しはんとき）もかからずに姿を見せるはずだ。一刻ほど前に追い抜き、仕事を完璧にこなすのに最適の場所を探しつつ、善造はここまでやってきたのである。

無理をするつもりなどさらさらないが、これだけの場所に腰を据えた以上、しくじりは考えられない。

二

両側は切り立った山が迫っており、そのあいだを縫うように中山道がうねうねと続いている。

狭い畑が街道にひっつくようにひらかれ、野良仕事にいそしむ何人もの百姓の姿が見受けられる。誰もが蟻（あり）のように地面に這（は）いつくばって働いていた。

俊介たちが近づくのを待っていたかのように一人の農婦が鍬（くわ）を持つ手を止め、顔を上げた。

「かわいい子ですねえ」

日に焼けてしわ深い顔を柔和にほころばせ、笑いかけてくる。馬のように優しい眼差（まなざ）しの先には、おきみがいる。

海原伝兵衛におぶられ、おきみは寝入っている。夢でも見ているのか、かすかに笑みを浮かべていた。

よい夢であろうか、と俊介は思った。おきみの母親のおはまはいま病床にあり、旅の途上にあるおきみのことを、天井を見つめつつ深く案じているにちがいないのだ。おきみのことが心配でならず、病をこじれさせるのではないか。

やはりおきみを連れてくるのではなかったかという後悔が俊介にないわけではないが、悔いたところで、もはやはじまらない。中山道の旅は、すでに信濃路に入っている。江戸をあとにして、今日で十二日目である。

俊介の警固役としてこの旅をともにしてくれている皆川仁八郎が、おきみと農婦を交互に見て、表情を和ませている。

「お侍のお孫さんですかいの」

鍬を土に刺し、両手を柄に置いた農婦が伝兵衛にきく。手もびっしりとしわで覆われており、腰がやや曲がっている。その屈託のない笑顔は仏のようなぬくもりを感じさせた。

「孫ではない。わしの子よ」

歩みを止めた伝兵衛が、おきみを起こさないようにそっとおぶい直した。伝兵衛は足腰の強靱さを取り戻している。この分なら、父の幸貫が旅立つ前にいったように、刀槍の術において昔の強さを取り戻すのも、さほどときはかからぬだろう。

「えっ、さようでございますか。それはまたお侍、お元気ですのう」

伝兵衛がえへんと咳払いし、胸を張った。

「元気も元気よ。なんといっても、この子の妹か弟がいま女房の腹におるからの」

ほうと感嘆の声を発し、農婦が目をみはる。仁八郎が下を向き、くすりと笑いを漏らす。

「そりゃまたお盛んでございますね」

「そなた、信じるでないぞ」

笑みを浮かべて俊介は農婦に告げた。

「この者は大ぼら吹きだ」

「なんだ、ご冗談でしたか」

やれやれというように肩から力を抜いた農婦がふと、まじめな顔つきになった。

「お侍方もお気をつけてくだされや。このところ、神隠しの噂を聞きますからの」

「神隠しだって」

驚きの声を上げたのは仁八郎である。俊介が通う東田道場の師範代を十八の若さで務める天才剣士だが、この驚きぶりは達人らしからぬものだ。

「神隠しというと、この子のような幼い娘が行方知れずになっているのか」

俊介は伝兵衛の背に右頰をあずけてぐっすりと眠っているおきみを横目に見つつ、農婦にたずねた。

「あたしもあまり詳しくは知らないんですけど、中山道沿いの宿場から若い娘さんやら、年端もいかない女の子やらが姿を消しているという噂が、しきりにめぐっておりますよ」

「行方知れずになっているのは、おなごだけなのか」

「ええ、ええ、そのようですね」

農婦が何度も首を縦に動かす。俊介は、おきみに目を当てた。自分たちがそばについている限りは大丈夫だろうが、油断はできない。おきみから決して目を離さぬようにしなければ、と心に決めた。

それにしても神隠しとは、と俊介は思った。おなごだけが姿を消しているというのは、どこか女郎宿にでも売り飛ばそうという魂胆があるからか。神隠しとはいうものの、まちがいなく人の仕業であろう。

「仁八郎」

再び街道を歩きはじめた俊介は呼びかけた。

「そなた、神隠しという言葉を耳にした際、ずいぶんと大仰な口振りだったが、なにかあったのか」

「ええ、ありました」

仁八郎が振り向き、妙に明るい口調で答える。

「それがし自身、神隠しに遭ったのですよ」

「ほう、まことか」

これは伝兵衛である。

「仁八郎どの、事情を説かれよ」

伝兵衛が急かす。仁八郎が苦笑してみせる。

「期待されるほどのことはないのですよ。実際、たいした話ではないのです。それがしは、こうして今もこの世にいるのですから」

「神隠しに遭ったものの、無事に帰ってきたということかの。仁八郎どの、いったいなにがあったのだ」

「伝兵衛どの、前にも申しましたが、それがしのことは呼び捨てにしてくだされ」

伝兵衛が困り顔になる。

「だが、わしは真田家の家臣、仁八郎どのはれっきとした旗本のお家。なかなか呼び捨てにはできぬ」

「旗本といっても、それがしは三男坊にすぎませぬ。若輩者ですし、呼び捨てにしてもらったほうがうれしゅうございます」

「さようか。そこまでいうのなら、呼び捨てにさせてもらおうかの」

「はい、よろしくお願いいたします」

にこりとして仁八郎が顎を上下させた。

「では仁八郎、続きを話してもらおうかの」

伝兵衛が少し照れを残したような口調でいった。俊介も歩を運びつつ、仁八郎の言葉に耳を傾けた。

「それがしが六つのときです。いつもは友垣が一緒でしたが、その日だけ友垣が一人も見つからず、一人で山王大権現の境内で遊んでいたのです」

「ほう、その日だけな」

「一人だけなので、友垣と一緒では危なくてできぬ大木登りをはじめまして、そのあまりの楽しさに、いつしか夢中になっていました。気づいたときには日が暮れ、あたりは暗くなっていました。母上が心配しているだろう、とそれがしはあわてて屋敷に帰ろうとしたのですが、走り出そうとして不意に背後から何者かに抱きすくめられるような感じに襲われました。その直後、一気に夜のとばりが降りたように目の前が真っ暗になりました」

「ほう、それで」

伝兵衛が興味津々の顔でうながす。

「次に目が覚めたとき、それがしは境内の杉の大木のかたわらで横になっていました。明るい陽が射し込んでおり、いつの間にやら朝になっていることを知りました。起き上がったとき、それがしの名を呼んで母上が駆けてきました。ああ、無事でよかった、と母上は痛いほどにそれがしを抱き締めました。母上は泣いていました。どうして母上がこんなに泣くのか、それがしにはさっぱりわかりませんでした。その後、父上や家臣たちも駆けつけてきて、父上に事情をきかれましたが、それがしにはなにがなにやら皆目見当がつきませんでした」

「ふむ、ふむ」

伝兵衛は目を輝かせている。

「驚いたことに、目の前が真っ暗になってから、すでに丸二日もたっていたのです。それがしが目覚めたのは、実は翌々日の朝だったのですよ。そのあいだ、母上たちはそれがしをずっと捜していたようです」

「丸二日のあいだ、どこでなにをしていたのか、まったくわからぬのか」

「それがしには記憶がなに一つありませぬ。父上は山王大権現に住む天狗（てんぐ）の仕業であろうとおっしゃり、家臣たちもそれで納得しておりましたが、いまだにあれがいったいなんだったのか、それがしにはさっぱりわかりませぬ」

「若殿はいかがでござる。おわかりか」

伝兵衛が水を向けてきた。俊介は渋い顔をした。

「この旅の最中は、若殿と呼ばぬと決めたではないか。何度いってもあらたまらぬな。俺も、爺のことは伝兵衛と呼んでいるではないか。伝兵衛も俺の名を呼ぶのだ」

伝兵衛がしわ深い頭を垂れる。

「申し訳ござらぬ。なにしろ、長年の癖がついておりますでな。しかし、これからは気をつけもうす」

伝兵衛が小腰をかがめる。

「では、俊介どのは、仁八郎の身になにが起きたか、おわかりか」

「いや、わからぬ」

俊介はかぶりを振った。

「だが、俺も変わった経験をしたことがある。あれも六つのときだな」

「ほう、それは初耳でござる。どのようなことでござるか」

「伝兵衛、ずっと昔に雷にやられた欅が屋敷の庭にあろう」

「はい、大きなうろがある欅でござるな」

「ある日、俺は辰之助と追いかけっこをしていて、うろに隠れたのだ。すぐに見つかってしまうだろうと思っていたが、辰之助はなかなかやってこなかった」

似鳥幹之丞という浪人に殺され、布団のなかで無残な屍になっていた辰之助。それも、俊介を殺るのに辰之助が邪魔だという理由で亡き者にされたのである。辰之助のことを思い出すと、寂しさと申し訳なさで俊介は涙が出そうになる。そもそも、こうして中山道を行くのも、辰之助の仇を討つためだ。本懐を遂げるまでは泣かぬと決めていた。

　俊介は顔を上げ、言葉を続けた。

「そのうちに俺はうとうとしはじめ、夢を見た。合戦の夢だった。床几に座り、俺は采配を手にして、自在に軍勢を動かしていた。麾下の軍勢に一人、とんでもなく強い武者がおり、その者は刀を手に敵をばったばったと斬り倒していた。敵の鎧などまったく役に立たなかった。その武者の活躍もあって、合戦は味方の大勝利に終わった」

「ほう、そのような夢をご覧になるとは、やはり血筋でござるの」

「不思議だったのは、目を覚ましたとき、欅のうろではなく、別の場所にいたことだ。そこは東田道場の庭で、目の前に祠があった。あとで道場の者に聞いたが、創始者の奥脇景吾どのを祀ってあるそうな」

　仁八郎は、そんなことがあったのか、といいたげな顔つきをしている。なるほど、と伝兵衛が首を一つ振っていった。

「では、俊介どのの夢のなかの戦で大活躍した武者は、奥脇どのでござるかな」

「おそらくそうであろう。そのことが縁で、俺は東田道場に世話になることになった。

奥脇どのの導きがなければ、俺は奥脇流のことをいまだに知らなかったに相違あるまい。仁八郎とも友垣になることもなかった」

「世の中には摩訶(まか)不思議なことがありもうすの」

俊介が伝兵衛の背に目をやると、おきみが目をあけていた。

「目が覚めたか」

「うん」

おきみは、目をごしごしこすっている。

「おきみ坊、よく眠っておったの」

伝兵衛が首をひねってほほえみかける。

「ここはどこ」

「さっき妻籠(つまご)宿を過ぎたところだ。じき馬籠(まごめ)宿じゃろう」

「ふーん、もうすぐまごめか」

「おきみ坊、馬籠がどこか知っているのか」

「ううん、全然わからないわ。でも、まだ長崎には着かないのはわかる」

「長崎はだいぶ遠いからの」

「伝兵衛おじさん、おろしてくれる」

伝兵衛がおきみをそっと地面に立たせる。

「おきみ、腹は空(す)かぬか」

俊介は腰を折ってたずねた。

「うん、ぺこぺこだよ。おなか一杯に食べる夢を見たの。でも全然おなかがふくれていないから、私、驚いちゃった」

「満腹になる夢を見たなら、空腹はなおさらだろうな。よし、次に茶店があったら入ろう。団子やら饅頭やら、あるのではないか」

「あったらいいね」

おきみが手を伸ばしてきた。俊介は小さな手を握り締めた。温かみが伝わってくる。

再び歩きはじめると、半町ほど先の右手に、役所らしい建物があるのが視野に入った。こぢんまりとした集落のなかに、立派な門が見えている。役人らしい侍が街道に出て、白木を積んだ荷車を建物内に引かせていた。

「あれは尾張(おわり)家の番所だな」

このあたりが御三家の一つである尾張徳川家の領地であるのを、俊介は思い出した。街道の両側は山が迫っており、檜(ひのき)の大木が整然と立ち並んでいる。まさに美林といってよい。

白木(しらき)改番所(あらためばんしょ)と土地の者に呼ばれている役所の前を通りかかった。冠木門(かぶきもん)を入ってすぐの広場で役人たちが真剣な目で荷をあらため、商人と人足たちがかしこまってその様子をじっと見ている。帳面と荷とを照らし合わせている役人もいる。

「どうやら、檜でつくった曲物の数などを調べているようだな。このあたりの見事な檜の森は、すべて尾張家のものだ。尾張家は盗伐などの不正が行われぬよう、徹底して管理していると聞く。檜だけでなく、椹、翌檜、高野槇、鼠子なども、尾張家の御用以外の伐採は認めておらぬ。これらは木曽五木と称して、尾張家は厳しく保護しているそうだ」

「そういえば、檜一本首一つとか耳にしたことがありますな」

「どうして尾張さまはそこまで厳しく管理しているのですか」

仁八郎がきいてきた。俊介はすぐさま語った。以前、城や武家屋敷の建築、船造りにおびただしい木曽檜が使われ、一時、一帯がはげ山になり、荒れ果てたことがある。山が荒れると、下流では大水が出たりする。その反省から、二度と同じことはするまいと、尾張家は山林を保護する方向に、姿勢を変えたのである。

小集落を過ぎた俊介たちは、再び大勢の旅人たちと同じ歩調で足を運んだ。

おきみは遅れまいとして、一所懸命に俊介の手を握り締めている。どうして俊介が先を急いでいるか、よくわかっているのだ。

俊介は、そんなおきみがいとおしくてならない。

三

日が陰った。

すると、途端に山国らしい冷涼さが忍び寄ってきた。ぶるりと身震いが出る。

かたわらに置いた行李(こうり)をあけ、善造は鉈(なた)の柄、二尺ほどの長さの長煙管(ながギセル)、そして二本の文机(ふづくえ)の脚を取り出した。

鉈の柄には差し渡し一寸のねじ穴があき、文机の脚には半円の溝が彫られ、長煙管は雁首(がんくび)が取り外せるようになっている。

雁首をくるくると回して外し、長煙管を鉈の柄のねじ穴に力を込めてねじ込む。長煙管ががっちりとはまり込んだのを確かめ、二本の文机の脚で煙管を左右から挟み込んだ。輪っかの形をした金具を行李から二つ拾い上げ、文机の脚と煙管を二ヶ所で固定する。これで文机の脚と長煙管、鉈の柄は一体となった。

あとは火蓋(ひぶた)と火皿、火ばさみ、引金(ひきがね)、目釘(めくぎ)、先目当(さきめあて)、元目当(もとめあて)である。この七つの小さな金物の入った布袋を袂(たもと)から取り出し、善造は慣れた手つきで次々に装着していった。

最後に、鉈の柄にねじり込んだ長煙管の穴に蓋をするように、大きなねじをぎゅっぎゅっと取りつけた。

長煙管を模した筒は通常の鉄砲よりだいぶ短いが、善造はこの得物をことのほか気に入っている。玉薬の量にもよるが、半町の距離なら大熊すらも倒す威力を秘めているのだ。

善造はできあがった鉄砲を構え、元目当をのぞき込んだ。長煙管の筒は見事に直線を描き、ぶれはない。頬に当たる台尻がしっくりとくる。鉄砲が体の一部と化したようだ。

茶店の縁台に座り込み、今まさに大口をあけて饅頭を食らわんとしている一人の男の顔が、先目当の向こうにくっきりと映り込んだ。

肝心の玉薬は印籠に、玉は紙袋に入っている。両方とも懐にしまってある。玉には墨がたっぷりと塗られ、ちょっと見ただけでは飴玉と見紛うほどだ。実際、十ばかりの本物の黒い飴玉が紙袋に入れられている。玉はただ一発。それで十分である。

印籠を取り出した善造は玉薬を筒先から入れ、さらに玉を落とし込んだ。行李からつまみ上げた槊杖で突き固める。これで筒先を下に向けても、玉が転がり落ちるようなことはない。火皿にも少量の玉薬を盛る。

火縄に火をつけると、白い煙がふわりと立ちのぼった。こちらは風下で、煙が茶店のほうに流れてゆくことはない。

火縄のにおいで狙撃に気づかれるようなことはないが、煙は見えなくしなければならない。善造は行李から傘を取り出し、ひらいた。立ちのぼった煙は傘のなかでわだかまり、吹き込んでくる風に少しずつ背後へとさらわれてゆく。

これで見えまい。満足した善造は、傘を丈の高い草で包み込んだ。街道からは、傘も見えなくなったはずだ。

善造は、傘の下にうつぶせになった。草と草の隙間(すきま)に鉄砲の筒を差し入れ、二つの目当越しに再び眼下の茶店を見やった。

再び陽が降り注ぎはじめた。そこに新たな客が入ってきた。旅姿の侍である。俊介ではない。

善造には剣術のことはほとんどわからないが、侍の眉が太く鼻筋の通った顔の造作(ぞうさく)だけ見ていると、相当の腕を誇っているのではないかという気になってくる。もっとも、見かけ倒しかもしれない。そういう侍で、この世はあふれかえっている。侍は陽射しを避けるように、やや奥まった縁台に腰を預けた。

とにかく、用意万端ととのった。いつ俊介が姿を見せてもかまわないが、注意しなければならないのは、俊介の警固役である皆川仁八郎という男である。

すごい腕をしていると聞いた。天才といってよいらしく、見かけ倒しということはないようだ。もっとも、見かけそのものは、そのあたりにいる子供とさして変わらない。

古来、剣術の天才は異様に勘が鋭い者が多い。仁八郎という男もそうであるなら、こちらが放った殺気に感づくかもしれない。もし気取（けど）られたら、狙撃は失敗に終わる。必要なのは平静な心を保ち、真田俊介という大名の若殿を殺すことだ。昔、熊や鹿を撃っていたときと同じようにやればよい。

手を伸ばした善造は、飴玉を一つ口に放り込んだ。柔らかな甘みがゆっくりと広がってゆく。ふっと息をついた。甘さのおかげか、気持ちが徐々に落ち着いてゆく。

「いつでも来い」

善造は眼下の街道に向かって、つぶやいた。

「うらみはないが、浮き世は牛の小車（おぐるま）という。つらく苦しいことは次々にめぐってくる。浮き世の荒波を乗り切るには、まとまった金は実にありがたいものでな」

善造は鉄砲を構え直した。じき俊介があらわれると肌が告げている。

四

俊介は汗をぬぐった。

おきみも手ぬぐいを使っている。

「おっ、茶店がありますぞ」

伝兵衛が弾んだ声を発し、指をさす。団子、饅頭と染め抜かれた幟が揺れている。

「両方あるようですな」

ちょうどだらだらとした上り坂が終わったところで、涼しい風が吹き渡ってきた。ほてった体に実に心地よい。

そのとき視線のようなものを覚え、俊介は狭い谷の向こう側にそびえる崖上に目を向けた。仁八郎が俊介の前にすっと立ち、同じように見つめはじめた。

草木が深く生い茂り、そのあたりに何者かがひそんでいる様子は感じられない。傾きはじめた太陽が、鬱蒼とした木々のうしろに見えている。山国というのも関係しているのか、太陽からは早くも力強さが失われつつあった。

「俊介どの、どうされた。早く入りましょうぞ。仁八郎もそんなところに突っ立っているでない」

「ああ、すまぬ」

俊介は仁八郎に導かれて、茶店の奥の縁台に腰を下ろした。仁八郎が俊介の隣に座る。伝兵衛が小女に饅頭と団子を人数分、頼んでいる。

俊介は仁八郎を見た。

「誰かいたか」

「一瞬、そのような気配を感じたように思いましたが、正直わかりませぬ」

俊介はもう一度、崖の上を眺めようとしたが、突き出した庇に邪魔されている。かがんで見ようとしたところを、おやめくだされ、と仁八郎に制せられた。

俊介は苦笑し、鬢をかいた。

「もしや鉄砲か」

ささやき声で仁八郎にたずねる。

「そうかもしれませぬ。気になります」

「仁八郎、捨て置け。あの崖に行くには、そこの谷を回り込まねばならぬ。骨だ。それに陽動かもしれぬぞ」

仁八郎がはっとする。

「それがしを俊介どのから引きはがそうというのですね」

「うむ、十分に考えられるだろう」

「はい。俊介どのを狙う者にとって、それがしは邪魔でならぬでしょうから」

辰之助はそのために殺されてしまったが、仁八郎を同じ理由で失うわけにはいかない。そんなことになるくらいなら、とっとと腹をかっさばいて死んだほうがいい。

「仁八郎がそばについてくれているおかげで、俺はのんびりとできる。感謝しておる」

　俊介は静かに茶を飲んだ。

「仁八郎も飲め」

「はっ」

　茶店には、旅の侍と商人主従らしい二人連れがいた。俊介たちの左側にいる侍は無言で湯飲みを傾け、うしろに位置している商人主従は小さな声で会話をしつつ、よほど空腹なのか、しきりに団子を口に運んでいた。

　なんとなくだが、左側にいる侍がこちらの様子をうかがっているように、俊介には思えてならない。心中で首をひねった。何者なのか。会ったことがある者だろうか。

　さりげなく侍に眼差しを送ってみたが、見覚えのある顔ではない。年は三十前といったところか。どこか鬱屈したものを抱えているように感じられた。

　お待たせしました、と元気よくいって小女が饅頭と団子を持ってきた。

「俊介どの、いただきますぞ」

　伝兵衛が断ってから饅頭に手を伸ばす。

「おう、こいつはうまい」

　伝兵衛がうれしげな声を出す。

「ほんと、おいしい」

おきみがとびきりの笑顔になった。

「どれ、俺たちもいただこうか」

俊介は団子の串をつまみ、口に持っていった。あまり甘くないたれだが、香ばしく焼かれた団子とよく合う。

仁八郎は饅頭を手に取ったが、口をつけようとはせず、まだ油断なく崖の上を見ている。だが、すぐにふっと体から力を抜いた。

「どうした」

「張り詰めていたものが消えました」

俊介は厳しい顔になった。

「やはり誰かいたのか」

「かもしれませぬ。去ったのか、まだそこにいるのか、判然とはしませぬが。確かめたいのは山々なれど、やはり俊介どのから離れるわけにはまいりませぬ」

崖のほうに目をやりつつ、仁八郎が饅頭を食した。緊張を解き、柔和に顔をほころばせる。

「しっとりとした皮に、素朴な餡がよく合っていますね」

「おっかさんに食べさせてあげたい」

おきみがしんみりという。

「こんなにおいしいお饅頭やお団子を食べれば、おっかさんの病も治るんじゃないかしら」

俊介も、父上に召し上がってもらいたいと思った。幸貫は甘いものに目がない。この饅頭や団子はさほどの甘みはないが、つくり手が心を込めてこしらえたのがわかる優しい味をしている。幸貫はきっと大喜びするだろう。

「うむ、治ったらよいのう」

伝兵衛がしみじみとした口調でいった。おきみが小さく首を振った。

「でも、お饅頭やお団子じゃ治らないわね。おっかさんの病を治す薬を手に入れるために、私は長崎まで行くんだから」

「そこもとらは、長崎に行かれるのか」

左側にいる侍が不意に声をかけてきた。

俊介はまじまじとその侍を見た。やはり見覚えのない顔だ。紛れもなく今日が初対面である。

眉が墨で塗ったように太く、鼻が槍（やり）の穂先のように尖っている。目には厳しさがたたえられているが、俊介には瞳の奥に欲深そうな光がどことなくのぞいているような気がした。

「この子の母親のために薬を買いに行くのだ」

伝兵衛が侍に告げた。

「それはまた感心なことよな。そこもとらは江戸からまいられたのか」

「そうだ」

「江戸にはその薬は売っておらぬのか」

「残念ながら。唐渡りの薬でな、手に入らぬことはないが、ときがかかる。今のところ長崎に行ったほうが早く手に入る」

「なんという薬かな」

伝兵衛が首をひねる。

「むずかしい名でな。わしには覚えられぬ」

「さようか。高価なのであろうな」

「そんなことはない」

伝兵衛がきっぱりと否定した。

「このおきみ坊の母親を救うためなら、安いものよ。おぬしはどちらへ行かれる」

「なにも決めておらぬ。部屋住ゆえ、風に吹かれるような気楽な旅もできる」

「どちらから来られた」

「上州(じょうしゅう)の田舎でござるよ。そこもとらが知らぬような山中にある小さな大名家にござる」

「知っているか知らぬか、試しに教えてくれぬか」

「いや、やめておいたほうがよかろう」

侍が立ち上がった。小女に勘定を支払い、茶店をさっさと出ていった。

「遣えますね」

仁八郎が後ろ姿を見送ってつぶやく。

「仁八郎より強いか」

「どうでしょうか。正直、それがしにはわかりませぬ」

「謙遜でいっているわけではなさそうだな」

「小大名といわず、名のある大名の剣術指南役も十分につとまりましょう」

「そいつはすごい」

仁八郎がにこりとする。

「そういうお方と互角であるそれがしも、十分につとまると暗にいっているのですが」

「仁八郎は指南役になりたいか」

さて、と口にして仁八郎が首をひねる。

「好きな剣術で身を立てられるのは、この上ないことでしょう。たいていの者がそれを夢見て稽古に励むのでしょうが、なかなかうまくはいきませぬ。今のお方もそういう夢を抱いているのかもしれませぬが、うまくいっているとはいいがたいのかもしれませぬ」

「わかるのか」

「口調に投げやりなものが感じられましたし、目にやるせなさのようなものもありました」

そうか、と俊介はいった。幸せそうに笑っている者でも、心には屈託や鬱屈を抱えているものなのだ。悩みを持つことなくこの世を生きられる者など、一人もいないのだろう。

「さて、そろそろまいるか」

辰之助の仇を報ずるために、似鳥幹之丞を討たなければならない。俊介が負わせた腕の傷がまだ癒えていないはずで、幹之丞はそんなに速く歩けるはずがないのに、ここまでまったく痕跡をつかめていない。

宿場宿場で幹之丞の人相書を見せて回っているのだが、手がかりにつながるものはこれまで一つとして得られていないのである。

幹之丞は筑後久留米の有馬家で剣術指南役になることが決まっており、いま国元を目指しているはずだが、中山道は使わなかったのかもしれない。

だとすると、川留めがあるのを承知で東海道を行ったのか。この茶店から五里ばかり進んだ大井宿の先に槙ヶ根という地があり、そこは下街道と呼ばれる脇街道の追分になっている。

下街道をたどれば、名古屋に出られる。名古屋の西、二里半ほどのところにある佐屋という宿場に向かい、そこから船に乗って木曽川を下り、桑名を目指すべきか。

まさかとは思うが、知らぬうちに幹之丞を追い越してしまったなどということはあるまいか。あってほしくない。

立ち上がった俊介は、財布を取り出した。仁八郎が崖を見やりつつ、俊介の盾になる位置に移った。俊介からは崖が少し見えるだけで、相変わらず人がそこにいるようには感じられない。商人主従も、俊介たちにつられたように縁台を離れた。

俊介は四十八文を手渡したが、小女が何枚かの一文銭を取り損ねた。一文銭が音を立てて地面に落ちた。

「おう、これはすまぬ」

足元に転がってきた一枚を俊介はかがみ込んで拾いかけたが、その前におきみが手を出していた。

いきなり轟音が耳をつんざいた。熱いものが、髷をかすめて通り過ぎていった。きゃっと、おきみが悲鳴を上げ、尻餅をついた。おきみに玉が当たったのかと思ったが、音に驚いただけのようだ。目を大きく見ひらいて俊介を見ている。俊介はおきみに手を伸ばした。

「若殿っ」

禁を破って呼び、仁八郎が俊介を奥へと押しやる。俊介は縁台の下に身をかがめざるを得なかった。伝兵衛がおきみの手を引き、俊介から少し離れたところに二人して身を隠した。

「くそう、しくじりました」

仁八郎が顔をゆがめる。

「賊はまだあそこを去っていなかったのに、それがしにはわからなんだ」

「仕方あるまい。半町離れて身をひそめた者を看破できる者は、そうはおらぬ」

「さようかもしれませぬが、それがしはそういう者にならなければなりませぬ。でなければ、若殿をお守りできぬ」

仁八郎が唇を嚙み締める。

「もしいま若殿が腰をかがめなかったら、玉は頭を撃ち抜いていたかもしれませぬ。ほんのわずかしか若殿の顔は見えなかったはずなのに、自信を持って賊は撃ってきました。相当腕のよい鉄砲放ちでありましょう」

「まだいるか」

「消えたように感じます。はっきりとはわかりかねますが」

ふう、と仁八郎が小さく息をつく。

「とにかく若殿がご無事でよかった」

「仁八郎、若殿ではない」

「ああ、失礼しました」

そのとき、うぅ、といううめき声が俊介の耳を打った。驚いて背後を見やると、商人のあるじのほうが縁台にどすんと尻を下ろし、左肩を押さえはじめたところだった。傷からはおびただしい血が出ているようで、着物の色がどす黒く変わりつつある。顔色も青くなっていた。鉄砲の玉に当たったことに、いま気づいたようだ。

「だ、旦那さま」

取り乱しながらも奉公人らしい男が手ぬぐいを取り出し、あるじの傷を押さえる。

「大丈夫か」

俊介は声をかけたが、商人主従には届いていない。

「早くお医者を呼ばないと」

おろおろして奉公人があたりを見回す。俊介と目が合った。

「このあたりに医者はいるのか」

俊介は小女にただした。

「はい、啓参（けいさん）先生がいらっしゃいます」

小女は驚きのあまり、口をがくがくさせていたが、はっきりと答えた。

「その医者はどこにいる」

「馬籠の宿です。本陣の島崎屋さんの近くに診療所がありますから、すぐにわかります」

「よし、急いで運ぼう」

俊介は仁八郎を見た。仁八郎が半町先の崖を見つめる。

「もう大丈夫でしょう。本当に消え去ったようです」

俊介は茶店で戸板を借りた。それにあるじを乗せ、奉公人と力を合わせて運びはじめた。

「わかと、いえ、俊介どの、それがしが代わります」

仁八郎が申し出る。

「いや、仁八郎はあたりに警戒の目を配ってくれ。戸板を運んでいては、危急の際に間に合わぬ」

仁八郎は顔をしかめたが、うなずいた。

「承知いたしました」

「ならば、それがしが運びます」

今度は伝兵衛が願い出た。

だいぶ足腰に力が戻ってきたとはいっても、伝兵衛では、すぐに疲れてしまうだろう。おきみをおんぶするのとはわけがちがうのだ。伝兵衛に任せたら、診療所に着くのがずっと遅くなってしまう。

「いや、伝兵衛はおきみを頼む。神隠しの噂があるゆえ、目を離すわけにはいかぬ。そなたは遣い手だ。その目で仁八郎と同じようにあたりを見張ってくれ」

「しかし俊介どの、重うござろう」

「重いが、今は四の五のいわずに運ぶべきときだ」

俊介は奉公人をうながし、茶店を出た。また撃ってくるのではないかという気がしたが、消え去ったという仁八郎の言葉を信じた。

俊介は、戸板に横たわっている商人を気遣いつつ、必死に足を急がせた。

五

――しくじった。

善造は、行李を背負って足早に獣道を歩いた。仁八郎が俊介のそばを離れることはないと解してはいるものの、もしあの男に襲いかかられたら、命はない。崖から一刻も早く遠ざかるにしくはない。

くそう。悔しさが喉元にこみ上げてくる。

一行の姿を目の当たりにして善造が静かに鉄砲を構えたとき、あの仁八郎という小男が俊介の盾になってこちらをじっと見ていたが、背が低いこともあって、俊介を完全には隠し切れていなかった。

しくじりの第一は、待ちかねた俊介がようやく姿を見せたことで、心を高ぶらせてしまったことだ。そのために何者かが崖にひそんでいるのではないかという疑いを、仁八郎に持たせてしまったのである。

だが、こちらがすぐさま心を落ち着けたことで崖から気配が消え去り、仁八郎には迷いが生じたようだ。

心を高ぶらせたのはしくじりにちがいないが、その埋め合わせはできていたのである。

茶代の払いをしようと縁台から立ち上がった俊介の顔は、半分以上が見えていた。これならやれると確信を抱き、善造はいつにも増して慎重に引金をしぼった。

必殺の一発だった。撃った瞬間、やったと確信した。俊介の頭は砕け、血と骨と脳味噌があたりにばらまかれるはずだった。

だが、玉は当たらなかった。俊介がひょいと頭を下げたからだ。

まさかあんな動きを見せるとは。もし頭を下げていなかったら、俊介は今頃むくろとなっている。

俊介という男には、と善造は顔に当たりそうな枝を払いつつ思った。なにか憑いているのかもしれない。守り神のような類のものである。でなければ、あの瞬間にあんな動きを見せるというのは信じがたい。

俊介は真田家の跡取りである、戦国の昔、真田家は信州の一介の土豪に過ぎなかったらしいが、それが幾多の困難や艱苦をくぐり抜け、今や十万石の大名である。守り神が憑いていなければ、そのような真似はできないのではあるまいか。

だとすれば、真田俊介という男を殺すのは意外に骨なのかもしれない。

だが、ここであきらめるつもりは毛頭ない。なにがなんでも俊介をあの世に送り込み、後金の百両を手に入れなければならない。

今度はまちがいなく殺る。玉も一発では駄目だ。真田俊介という男をこの世から除くには、いったい何発必要なのだろう。

善造はうしろを振り返った。追ってくる者はいない。深い木々がひたすら続いているだけだ。

ふと、どこからか水音が聞こえてきた。茂みをかき分けていくと、岩のあいだから泉が湧いていた。

善造は喉を潤し、顔を洗った。ようやく人心地がついた。

かたわらの丸い石の上に腰を下ろし、俊介の顔を思い浮かべる。

飛び散る水しぶきのようにきらきらと光る、涼やかな瞳をしていた。

次はあの瞳から必ず光を奪ってやる。

善造は激しく流れ落ちる水を見つめ、固く決意した。

六

瞠目した。

今のは、まちがいなく鉄砲の音だ。

鉄砲は、俊介の一行が休みを取っていた茶店に撃ち込まれたようだ。

茶店から一町ほど離れたちっぽけな神社の鳥居に身を寄せ、似鳥幹之丞は俊介たちの様子をうかがっていたのだが、まさか鉄砲の音を聞くことになるとは思ってもいなかった。

商人らしい男を戸板に乗せて、俊介たちはこの神社の前を通り過ぎていったばかりだが、幹之丞に気づく余裕はさすがになかった。

もっとも、恐ろしく敏捷な剣を遣う仁八郎が、俊介の露払いをしており、幹之丞としては本殿の裏まで下がらざるを得なかった。やつらが気づかぬのも当然のことといえた。

仁八郎の目を避けるなど、いまいましいことこの上ないが、俊介にやられた腕の傷はまだ癒えていない。この状態で仁八郎とやり合いたくはない。

それにしても、と幹之丞は本殿の前に足を踏み出して思った。鉄砲はあの商人を狙ったものなのか。左肩を撃たれたようで、ひどく血を流していた。一刻も早く手当をしてやらないと、血を失いすぎて死ぬかもしれない。

幹之丞は顎に手を当て、いや、ちがう、と考え直した。鉄砲は、俊介を狙って放たれたものだろう。

俊介にうらみを持っている者の仕業か。それとも何者かに依頼され、俊介を殺そうとしたのか。

鉄砲を放った者は、茶店を正面に見ることのできる向かいの崖にひそんでいたようだ。旅を続けてきた俊介たちがあの茶店に入ると予期して、あの崖の上に腹這いになり、俊介たちが来るのをじっと待っていたのである。

それだけの冷静な判断ができ、忍耐強さを兼ね備えているのなら、殺しをもっぱらにする者ではないか。何者かに雇われて、俊介を狙ったにちがいあるまい。江戸からやってきた凄腕なのだろう。

いったい誰が俊介を狙わせたのか。まさか大岡勘解由ではないか。

あの男は真田家の国家老（くにがろう）だが、俊介がこの世からいなくなれば、孫の力之介（りきのすけ）が真田家の跡取りとなる。

実際、勘解由は力之介を少しでも早く跡取りにしたいと焦りをのぞかせていた。その焦りのあまり、似鳥幹之丞という男が信用できなくなり、鉄砲を得物とする殺し屋を雇ったのか。

そうではあるまい。幹之丞はちらりと本殿に目をやった。人の気配がわずかにしている。もし勘解由にそんな気があるのなら、こちらの指示通りに国元から刺客を送り込んでくることはなかろう。

だとすると、自分たち以外に俊介を狙う者がいることになる。俊介という男は正義の心が人よりずっと強い。あの性格では、いらぬうらみを買うことは少なくなかろう。誰か別のうらみを買ったのかもしれぬ。

それとも、うらみなどではなく、真田家の跡取りであること自体が、俊介の身に災厄を招いているのか。十万石の大名の嫡子をこの世から除くことで得する者は、いくらでもいよう。

誰もがうらやむ身分というのに、哀れなものよ。そんなことを思いつつ、幹之丞は本殿の扉を静かにひらいた。

なかは、夕方のような暗さが居座っている。山国ということもあり、江戸にくらべると日が暮れるのがだいぶ早いのである。

「待たせた」

奥に向かって幹之丞は声をかけた。

「いや」

壁にもたれて座る影が答える。

「鉄砲の音がしたようだが」

「俊介が狙われたらしい」

「ほう」

影が身じろぎし、目を光らせた。

「おぬしの使嗾ではないようだな」

「むろん」

幹之丞は床に腰を下ろした。尻がひんやりとする。

「誰の仕業だ」

影が壁から背中を引きはがしてたずねる。もともと幹之丞は夜目が利くが、よりはっきりと男の顔が見えた。

太い眉と高い鼻が目を惹く。幹之丞の前に座り込んでいる男は高本百太夫といい、真田家の領国松代で二十石を食んでいる。小普請組であり、暮らしは困窮の極みにあるはずだ。

「はて、俺にもわからぬ」

百太夫が、首をかしげた幹之丞に目を据えた。

「ふむ、とぼけているわけではないようだ」

「当たり前だ」

幹之丞は傲然（ごうぜん）といい、百太夫を見返した。

「おぬしの主家の若殿は、いろいろなところでうらみを買っているようだ」

「ふむ、どうやらそのようだな。だが、一方で若殿の人気は国元でとても高いぞ。今の殿にまさるとも劣らぬ資質に恵まれているということで、評判はひじょうによい」

「殺したくないか」

「そんなことはない」

百太夫がいい切る。

「誰があるじであろうと、苦しい暮らしを変えてはくれぬ。若殿が家督を継いだところで、加増してはくれぬ」

「その通りだ。名君の資質があるといっても、所詮（しょせん）はそんなものよ」

幹之丞は百太夫を見つめた。

「もしやいらぬ邪魔が入るかもしれぬが、高本どの、俊介を殺る自信はあるか」

「あるさ」

百太夫があっさりと応じる。

「皆川仁八郎という遣い手が常にそばについているが、それでも殺れるのか」

「ああ、殺れる。まかせておけ」

幹之丞が見たところ、百太夫は相当の腕ではあるが、仁八郎にくらべたら少し落ちるのではないか。そのことは百太夫自身、わかっているはずだが、この自信はどこから湧いてくるのか。

幹之丞の凝視の意味を覚ったようで、百太夫がにやりと笑う。

「先ほど茶店で仁八郎という男をとっくりと見たが、なるほど、すごい腕をしている。天才といってよかろう。だが、俺には秘太刀がある。労苦の末、編み出した秘太刀だ。仁八郎がどんな遣い手だとしても、よけることはかなわぬ」

「どんな秘太刀だ」

幹之丞は興味を引かれ、たずねた。ふふん、と百太夫が鼻で笑う。

「教えてしまったら、秘太刀にならぬではないか」

「確かにな」

幹之丞は逆らわなかった。

「名はあるのか」

「ああ、あるぞ」

「それも教えぬのか」

「名くらいかまわぬ。空を飛ぶと書いて、空飛剣(くうひけん)という」

「おぬしが空を飛ぶのか」

ふふ、と百太夫が笑いを漏らす。

「さて、どうかな。刀が飛ぶのかもしれぬぞ」

「無敵か」

「無敵かどうか、そこまではわからぬ。だが、まちがいなく仁八郎は面食らおう。仁八郎を倒せば、残るはあの年寄りだけだ。若殿を始末するのはたやすい」

幹之丞は深くうなずいた。

「俊介をあの世に送り込むことができれば、真田家の剣術指南役はおぬしのものだ」

「うむ、大岡勘解由はそう約束した。約束が守られぬということはまさかあるまいな」

「もしそんなことになったら、おぬしは国家老を許さぬだろう。勘解由だって命は惜しい。そんな真似はせぬ」

「それを聞いて安心した」

百太夫が興味深げな目を当ててきた。

「おぬし、国家老とはどういう関係だ」

「引き合わされた」

「誰に」

「江戸の豪商だ」

　百太夫が考え込む。

「国家老が存じ寄りの江戸の豪商といえば、一つだな。稲垣屋か」

「よく知っているな」

「田舎だからと、そう馬鹿にしたものではない。江戸のことはそれなりに入ってくる」

　勤番侍として江戸に出たことがある者から、その手のことは仕入れるのだろう。

「おぬし、江戸へ行ったことがあるのか」

「いや、ない。行ってみたいが、なかなか機会がめぐってこぬ」

「指南役になれば、力之介が家督を継いだ際、ついてゆくこともできよう」

　幹之丞は百太夫に目を据えた。

「とにかく俊介を殺すことだ。さすれば、おぬしの未来の扉は大きくひらかれよう」

「未来の扉か……」

　言葉の意味を嚙み締めるように、百太夫が重々しくつぶやいた。

担ぎ込んだ。

啓参は風邪を引いたらしい別の患者を診ていたが、商人の左肩の傷を見て、すぐに手当にかかってくれた。田舎医者だけに本道も外科もこなすようだ。

七

茶店から、ここ馬籠宿まで十町ほどだった。

この診療所はすぐに知れた。茶店の小女のいう通りで、島崎屋という本陣から西へ三軒行ったところに看板が出ていた。

商人のあるじが啓参の手当を受けているあいだ、俊介たちは襖で隔てられている隣の間で待った。そこは畳の敷かれた六畳間で、患者の待合部屋として使われているようだ。風邪の手当を受けていた男以外、患者はいない。はやっていないというのではなく、たまたまそういう刻限なのだろう。とにかく啓参の手空きのときで幸いだった。

襖を通じて、うめき声が聞こえてくる。それを励ます啓参の声も耳に届く。申し訳なさで俊介はいたたまれなかった。

「あの、旦那さまをお運びいただき、まことにありがとうございました」

奉公人らしい男が深々と頭を下げてきた。俊介のせいであるじが撃たれたとは思っていない顔である。

「いや、そなたこそたいへんだったな」

横に控える仁八郎が、余計なことはいわぬようにという目で見ている。心苦しかったが、ここは俊介も黙っているしかなかった。巻き添えでそなたの主人が大怪我を負ったのだなどと、いい出せはしない。卑怯者になったような気がして、気分がひどく重い。

救いは、啓参が命に別状はないと一目見ていったことである。その言葉を聞いたとき、俊介は目の前の霧が晴れるような気持ちになったものだ。

「あの、旦那さまは鉄砲で撃たれたのでございますね」

「うむ、その通りだ」

うーん、とうなって番頭が首をひねる。目を閉じ、なにか考え込む様子だ。

「そなた、名は」

俊介はきかずにはいられなかった。黙っていると、部屋の空気の重さに潰されるような気がした。

奉公人が驚いたように目をあける。

「あっ、はい、失礼いたしました。手前は番頭の恭造と申します」

あるじは敦左衛門とのことだ。

「あの、お侍は」

「俺は俊介という」

仁八郎と伝兵衛、おきみを紹介した。仁八郎と伝兵衛の名字も伝えなかった。武家なのにどうして名字をいわないのか、恭造は不思議そうにしていたが、名乗らない理由はきいてこなかった。

「恭造どのは番頭さんといったな」

伝兵衛がきく。

「さようにございます」

「若いのにたいしたものだ」

「いえ、決して若くはありません。見かけだけはよくいわれるのですが、来年四十になりますので」

「ほう、さようか。店はこのあたりにあるのかな」

「いえ、名古屋でございます」

「名古屋から来たのか。商売で」

「はい、さようにございます。うちは井無田屋と申しまして、材木を扱っているのでございます」

「木曽檜も扱っているのか」

「ときおりでございますが。徳川さまのお許しが出ないと、伐採をすることはできないものですから」

「相当厳しいらしいの」

「はい、それはもう。下手なことをすれば、首が飛びます」

「ふむ、笠（かさ）の台の生き別れは避けたいよな」

「はい、それはもう」

「かさのだいって、なあに」

伝兵衛がおきみに顔を向ける。

「笠の台というのは首や頭のことだ」

「ああ、そういうことね」

おきみは納得した顔だ。

「井無田屋さんは大店（おおだな）なのか」

伝兵衛が新たな問いを発する。

「名古屋では大店に入ると思います。奉公人は百人近くおりますから」

「ほう、それはすごい」

「あの、伝兵衛さまたちは江戸のお方でございますか」

「うむ、そうだ。江戸からまいった」

「どちらへ行かれるのでございますか。伊勢でございますか」

「いや、長崎よ」

「えっ、それはまた遠い……」

「このおきみの母御が病でな、薬を購(あがな)いにまいるのだ」

「ああ、さようにございましたか」

恭造が、かわいそうにという目でおきみを見やる。

「おきみちゃんはいくつだい」

「六つよ」

「そんな年なのに九州に行くだなんて、えらいなあ」

正直な思いを吐露したのはまちがいない。瞳に感嘆の色がある。

「私が無理なお願いをしたのよ」

「えっ、どういうことだい」

「俊介おじさんは最初、私を連れていくことはいやだったと思うの。私がもし俊介おじさんだったら、同じだったと思う。別の用事があるのに、わざわざ長崎まで行くのもたいへんだしね」

「なるほどねえ。別の用事というと」

「いっけない」

おきみがぺろっと舌を出す。

「いっちゃいけないことだったわ。おじさん、今のは忘れてね」

「ああ、うん」

物問いたげな目で恭造が俊介を見る。

「すまぬ。いろいろとあってな」

はあ、と恭造が顎を上下させる。身分の高い侍がわけあってお忍びの旅をしていると考えたようだ。

「終わったようですね」

仁八郎が襖を見る。確かに、先ほどまで聞こえていたうめき声がおさまっていた。からりと襖があき、啓参が姿を見せた。額に汗をかいていたが、顔には自信の思いが如実にあらわれていた。

「もう大丈夫ですぞ」

朗々と宣するようにいった。

「玉は骨に当たることなく貫通しておりましたが、破片がいくつか残っていましたのでな、それらは除いておきました。傷は縫いました。抜糸まで七、八日かかりますが、二、三日安静にしていれば、その後は歩いても大丈夫でしょう」

敷布団の上に起き上がった敦左衛門が、啓参の助手らしい男の手を借りて、着物の袖に腕を通している。恭造が、旦那さまといって敷居を越え、にじり寄った。

「心配をかけたが、もう大丈夫だ」

敦左衛門の顔色は相変わらず青いが、撃たれた衝撃からは明らかに立ち直っている。

啓参が敷居際に正座し、敦左衛門と恭造を見つめた。

「お店は名古屋と聞きましたが、二、三日安静にしたのち、そちらに帰られてもまったくかまいません。ただし、その二、三日だけは旅籠にでも泊まっておとなしくしているのがよろしいかと存じます」

「わかりました。吉右衛門さんのところにお世話になることにいたします」

敦左衛門が啓参にいった。

「ああ、吉右衛門さんをご存じですか」

「ええ、親しくお付き合いをさせていただいております」

「吉右衛門さんのところならよろしいですね。部屋は数えきれないほどありますし、おいしい物を供してくれるでしょう」

吉右衛門という者は、どうやら土地の富農のようだ。

「敦左衛門さんはまちがいなく鉄砲に撃たれていますが、どうしてこんなことになったのか、そのわけはわかりますかな」

眉根を寄せたが、きっぱりと敦左衛門が首を横に振る。

「いえ、さっぱりわかりません」

「手前も同様です」

一瞬にすぎないが、恭造の顔に翳がよぎっていった。

それに気づかなかったか、啓参が俊介に澄んだ瞳を向けてきた。

「お武家にお心当たりは」

「ありませぬ」

これは伝兵衛が答えた。俊介は下を向いた。

「ならば、狩りの流れ玉でしょうかな」

首をひねって啓参がつぶやく。

「もうじき日暮れですが、今日はこの宿場にお泊まりですか」

啓参が重ねてきいてきた。

「ええ、そういうことになりましょう」

「これから手前は、宿役人に事の次第を伝えることになります。宿役人から郡奉行所につなぎがいき、郡奉行所からお役人がお武家方に事情を聞きにまいるかもしれませんが、そのときはよろしくお願いいたします」

「わかりました。心しておきます」

「もしよろしかったら、二軒隣にある山吹屋という旅籠に宿をお取りください。新しい宿で、部屋も風呂もきれいです。布団もよいものを用意してくれます。きっと気に入られると思いますよ」

「承知いたしました。おっしゃる通りにいたしましょう」

伝兵衛の返事を聞いて、啓参が敦左衛門に向き直る。

「お代をいただいてよろしいかな」

「ああ、もちろんですよ。おいくらですか」

「ちょうど一両になります」

敦左衛門が恭造に払うように命じる。財布を取り出した恭造は、啓参に小判を手渡した。

「ありがとうございます」

啓参がうやうやしく受け取る。

そのやりとりを目の当たりにして、俊介はまたも申し訳ないという気分に襲われた。

その後、駕籠（かご）を呼んでもらい、俊介たちは敦左衛門を乗せて吉右衛門という者の家に向かった。茶店の戸板は啓参が、助手に運ばせますから案じられますな、といってくれた。俊介はその言葉にありがたく甘えた。人というのは互いの思いやりのなかで生きている。そのことが、胸の引出しにしっくりと納まるように実感できた。

吉右衛門の家は馬籠の宿を出て、西に二町ばかり行った中山道沿いにあった。杉材の冠木門が、街道を行く旅人を威圧するように立っている。門から半町ほど奥まったところに母屋がある。平屋だが、建坪は優に百坪は超えているだろう。

広い戸口から吉右衛門本人らしい恰幅のよい男が出てきて、井無田屋の二人を出迎えた。親しげな口調でいう。

「なんだ、お二人でいらしていたなら、知らせてくれないといけないじゃないですか」

額にしわを寄せて恭造が事情を話す。顔色を変えた吉右衛門はすぐさま奉公人に戸板を用意させ、敦左衛門を乗せて母屋のなかへ連れていった。恭造もあるじについて姿を消した。

喧噪が遠ざかり、俊介たちはその場に取り残されたが、いつまでもここにいても仕方なく、きびすを返して門を出た。

「あの、もし」

背後から声がかかった。振り返ると、恭造が駆け寄ってきた。俊介の前に立ち、深く腰を折る。

「ありがとうございました。お手数をおかけしたのに、なんのお返しもできませんで、まことに申し訳ございません」

「いや、こちらこそすまなかったな」

「えっ、なにがでございますか」

「いやいや、なんでもないのだ」

伝兵衛があいだに入った。

「明日、あるじの見舞いにうかがうゆえ、よろしく頼む」

「承知いたしました」

恭造が顔を上げる。

「では、手前はこれにて失礼いたします」

体をひるがえし、冠木門を入っていった。

八

啓参にいわれた通り、俊介たちは山吹屋という旅籠に投宿した。

混んではいたが、他の客との相部屋は避けることができた。とりあえず、敦左衛門の傷が治り、歩けるようになるまでこの宿に泊まることに決めた。宿の番頭にもその旨を伝え、三日分の代金を前払いした。番頭は喜んでくれた。

「それにしても、井無田屋には申し訳ないことをした」

俊介は首を振りながらいった。襖を隔てた隣の間に何人かの客が入っており、そちらに聞こえないよう声はむろん低くしている。

「俊介どの、お忘れなされ」

ささやいて伝兵衛が顔を寄せてきた。

「井無田屋にとっては不幸な出来事でござったが、今はおのれの命があったことをお喜びなされ。命があればこそ、申し訳なさを感じたり、人の心配もできたりするものにござる」

「それはよくわかっているのだがな」

床の間の違い棚をのぞいていたおきみが俊介のそばにやってきて、ちょこんと畳に座った。

「おじさんに怪我がなくて、本当によかった」

そっと抱きついてきた。

「心配をかけたな」

俊介は小さな背中をさすった。おきみが見上げてくる。

「おじさん、あのとき、落ちたお金を拾ってあげようとしたんだよね。お大名の跡継なのに、そんなことが自然にできるんだね。おじさんの優しさが、自分の命を救ったんだよね」

「おきみも拾おうとしてくれたたな」

「うん、当たり前のことだからね」

「その当たり前のことができぬ者が、今はとても多いな」

「おじさんが先頭に立って、真田さまのご領内から直していけばいいよ。それがいつか日本中に広がって、きっと今より住みやすくなるよ」

「そうなったらよいな」

「なにか大事な話があるみたいね」

おきみが仁八郎と伝兵衛の顔を見て、俊介から離れた。

「すまぬな」

仁八郎がおきみに会釈する。おきみがにっこりと笑い、今度は床の間を眺めはじめた。

「しかし俊介どの」

仁八郎が静かに呼びかけてきた。

「あの崖の上から何者かが俊介どのを狙ったのは紛れもない事実にございますが、いったい誰の仕業でありましょうか」

「最も考えやすいのは似鳥幹之丞の使嗾(しそう)だな」

俊介はうつむき、考え込んだ。

「だが、なんとなくしっくりこぬ」

「それがしも同じでございます。似鳥は卑しき輩なれど、鉄砲を使うような男には思えませぬ。それは、自分の剣に絶大なる信頼を置いているゆえ。やつは俊介どのを己のが手で殺すと決めている男。俊介どのもまったくやっかいな男に狙われたものでございます」

「だが、必ず返り討ちにしてやる」

俊介は瞳をぎらりと光らせた。伝兵衛が、おっという顔になる。

「似鳥幹之丞は、今は俺にやられた傷を治すために、どこかでときをやり過ごしているに相違ない。傷が癒えれば、またきっと刀を手に襲ってこよう。仁八郎は、鉄砲を放った者は殺しをもっぱらにする者と思うか」

「思います。あの崖の上で実に忍耐強く機会を待っておりましたし、気配を消してみせたのも、素人の業ではありませぬ。明らかに場馴れしています」

「誰かに雇われて狙ったか。また狙ってくるな」

「はい、必ず」

「ならば、そのときに捕らえ、依頼した者が誰なのか、吐かせよう」

「それがしにお任せくだされ」

伝兵衛が名乗りを上げた。

「仁八郎は俊介どののそばを離れるわけにはいきませぬ。自由に動けるのはそれがしだけにござる」

「わかった」

俊介は深くうなずいた。

「そのときがきたら、伝兵衛に任せることにいたそう」

仁八郎が危ぶみの表情を隠せずにいるが、よいのだ、と俊介は目顔で伝えた。

「伝兵衛、旅を続けてきて、そなたは足腰の強靱さがだいぶ戻ってきた。その分なら、昔の腕を取り戻すのに、さしてときはかかるまい。きっと賊を取り押さえられよう」

伝兵衛が破顔する。

「さすがは俊介どのじゃ。わかっておられる」

「うむ、期待しておるぞ」

「ありがたき幸せ」

俊介どの、と仁八郎が呼んだ。

「すでにお気づきではございましょうが、井無田屋の二人もどこか妙ではありましたね」

やはり仁八郎も感づいていたか、と俊介は思った。

「仁八郎、聞こう」

首を動かして仁八郎が唇を湿らせた。

「あの二人は自分たちが狙われたのではないか、という雰囲気をまとっているようにそれがしは感じました。啓参先生の診療所で恭造は、敦左衛門が鉄砲でやられたことを俊介どのに確かめていましたが、ふつうに暮らしている者なら、鉄砲で撃たれたら、自分たちは巻き添えを食ったと思うものでしょう。誰だって真っ当に暮らしていて、鉄砲で撃たれるとは思いませぬゆえ」

仁八郎が一つ間を置いた。

「しかし、あの二人に巻き添えを食ったというような様子はこればかりもなかった。恭造も先ほど俊介どのが謝られたとき、なにがでございますか、と問い返してきました。井無田屋の二人は、自分たちが狙われたのではないか、と思っている節がありまず」

「井無田屋の二人には、命を狙われてもなんらおかしくない理由があるというのだな」

「かもしれませぬ。井無田屋は材木問屋とのことですが、裏で危ない橋を渡っているのかもしれませせぬ」

「考えられるのは木曽檜じゃの」

ぼそりと伝兵衛が口をはさむ。

「確かに、それが一番考えやすいですね」

仁八郎が同意を示す。

「尾張家の目の届かぬところで檜を伐採し、それを売り払っているのでしょう。そのことでなにか諍いになっているのかもしれませぬ」

「檜だけでなく、木曽五木すべてかもしれぬが、とにかく命を賭してなにかしているのは、紛れもないことでござろうの」

うむ、と俊介はうなずいた。仁八郎が背筋を伸ばして続ける。

「百人近い奉公人を抱える店にもかかわらず、主人と番頭のたった二人で、このあたりまで足を延ばしているのも、妙といえば妙でございます」

「微行ということか」

俊介は仁八郎にいった。

「ええ、二人連れなら目につきませぬ」

「たった二人で、こんなところまでなにをしに来たのだろう」

伝兵衛が疑問を呈する。

仁八郎がすぐに答えた。

「井無田屋だけでは、材木を伐採することはできませぬ」

「ふむ、樵が必要だな。打ち合わせにやってきたということか」

伝兵衛が仁八郎に確かめる。

「どのあたりの木をいつ伐採すれば、尾張家の目に触れずにすむか、ということかもしれませぬ。それに、このあたりには尾張家の白木改番所もありますし、賄を撒きに来たということも考えられます」

「うむ、なるほどの」

伝兵衛が腕組みをする。

「しかし、どうして二人は狙われなければならなかったのか」

仁八郎がかぶりを振る。

「いえ、狙われたのはまちがいなく俊介どのです」

「ああ、そうだったの。だが、あの二人は、命を狙われてもおかしくないと思っているのだな」

「となると、相手は役人か。樵というのも考えられるな」

「とにかく、後ろ暗いことをしてはならぬのですね」

仁八郎がまとめるようにいった。

「あの二人が本当に悪事をはたらいているかどうかはわかりませぬが、こそこそとやましいことをしていると、いろいろと心当たりがありすぎて、おびえなければいけなくなるのでしょう」

まったくその通りだ、と俊介は思った。いつでもどんなときでも、お日さまの下を堂々と歩かなければならぬ。

その点でいえば、今日はまずかった。自分のせいで敦左衛門が怪我を負ったのに、そのことをなにもいわなかった。明日、吉右衛門の屋敷に敦左衛門を見舞ったとき、話せることはすべて話そうと心に決めた。

順番に風呂に入り、その後、食事になった。山女らしい魚の煮付けが主菜である。

「うむ、うまそうだ。では、いただこう」

俊介は四つの膳がそろったのを見て、箸を手にした。

「お待ちあれ」

伝兵衛が制し、俊介の膳と自分のとを手際よく交換した。

「まさか毒が入っているようなことはなかろうが、毒味をせぬと」

「そこまでやる必要はなかろう」

「いえ、ありまする。道中、これからなにが起きるかわかったものではありませぬ」

伝兵衛が最初に箸をつけた。山女の身をほぐし、口に持ってゆく。

「うむ、うまい。初めて食べもうしたが、この魚の煮付け、なかなか美味でござるのう」

次いで味噌汁を少しだけ飲んだ。

「うむ、こいつもうまい。信濃路はどこも味噌がおいしゅうござるの」

「毒は入っておらぬな」

俊介は伝兵衛にいった。

「はい、大丈夫でござる。お待たせした。お召し上がりくだされ」

俊介はまず味噌汁をすすった。伝兵衛のいう通り、味噌自体がとてもうまい。こくがあって、うまみが濃いというのか。

「本当だ」

仁八郎とおきみが同時に感嘆の声を発する。

「下手な海の魚よりも、ずっとおいしゅうございます」

「うむ、俺も同じ意見だ」

大満足の食事を終え、あとは布団に横になるだけというとき、宿の番頭が顔を見せた。尾張家の郡奉行所の役人が今日の一件について話を聞きたいと、やってきたとのことだ。

俊介は、通してくれ、といった。

番頭が去った直後、入れちがうようにして二人の侍が腰高障子をあけ、失礼すると部屋に入ってきた。俊介の前に正座し、二人とも刀を右側に置いた。若いほうがまず名乗った。二人の郡奉行所の役人は小倉（おぐら）と岡山（おかやま）といった。

「お疲れのところお邪魔したのは、昼間の鉄砲の件にござる」

右側の小倉という役人が口をひらいた。

「お話をお聞かせ願いたい」

「なんなりと」

「まずはお名から」

「それがしは俊介、こちらは伝兵衛と仁八郎、その子はおきみにござる」

「名字は」

「障りがあるゆえ、ご勘弁願いたい」

「障りとは」

「それがしは仇を追う身でござる。名を公にして、近づきつつあることを仇に知らせとうはござらぬ」

「それがしどもは、よそにお名を漏らすようなことはいたさぬ」

「その通りにござろうが、ここは慎重に慎重を期したいので、どうか、ご容赦くだされ」

「仇の名は」

「似鳥幹之丞と」

「似鳥。珍しい名でござるな。その似鳥というのはどなたを手にかけたのでござるか」

「それがしの友垣でござる」

「友垣の仇を討つために旅に出られたのでござるか」

意外なことを聞いたといわんばかりの表情を、岡山という役人が見せた。

「友垣といっても、幼い頃から同じ屋敷内で育った兄弟も同然にござる。年はそれがしのほうが下。兄の仇討と思えば、むしろ武家としては当然のことにござろう」

「確かに」

岡山が少し恥ずかしそうにうつむく。

「本題に入らせていただく。鉄砲は、茶店の向かいの崖から放たれたものと井無田屋の二人から聞きもうした。井無田屋の二人は、狙われるような心当たりはないと申した。となると、俊介どの、もしくはこちらの伝兵衛どの、仁八郎どのが狙われたことになるのではないかと思えるのでござるが、いかがにござろう」

「その通りでござる。それがしが狙われたのでござろう。ですので、井無田屋のお二人には申し訳ないことをしたと思うております。ただ、それがしは今回は似鳥幹之丞の仕業ではないと考えておりもうす」

「どうしてでござろう」

俊介は軽く首をひねった。

「似鳥が鉄砲を遣えるとは聞いたことがないからでござる」

「鉄砲の達者に頼んで、ということは考えられませぬか」

「十分に考えられます」

「似鳥幹之丞の人相書をお持ちか」

「持っておりもうす」

俊介は懐から取り出し、見せた。

「なるほど、ふてぶてしい顔つきをしておりますな」

人相書を受け取って目を落とした岡山が、憎々しげにいった。

「この似鳥という者は何者でござろう」

「江戸において、峨太郎一家というやくざ者の用心棒をしていたこと以外、わかっておりませぬ」

「用心棒となると、浪人でござるな。その浪人がどうして俊介どのの兄弟同然の友垣を手にかけたのでござろう」

「それがしを殺すのに、その友垣が邪魔だったゆえにござる」

「邪魔だから殺したと。それはまた乱暴な男にござるな。この人相書をお借りしてもよろしいか」

「差し上げましょう。それがしはまた新たな人相書を描きます」

「これは、俊介どのが描かれたのか。達者なものでござるな」

「いや、たいしたことはござらぬ」

小倉が身を乗り出す。

「似鳥以外に命を狙われるような心当たりはござらぬか」

「今のところはござらぬ」

「さようか。崖から鉄砲を放った者の顔をご覧になりましたか」

「いえ、見ておりませぬ」

「そうでしょうな」

小倉が瞬きのない目で、俊介をじっと見てきた。

「では、これで終わりです。お疲れのところ、かたじけなかった」

二人が刀を手に立ち上がる。俊介は頭を下げた。仁八郎も同じようにしたが、目は二人の動きを見つめていた。二人が郡奉行所の役人などではなく、俊介を斬りに来た刺客と考えられないではないのだ。

だが、二人の腕がたいしたことはなく、刺客でないのは明らかだった。それでも、油断していいことはなにもない。仁八郎が警戒の目をゆるめないのはもっともなことである。

その後、宿の者が布団を敷きに来た。俊介は似鳥幹之丞の新たな人相書を描き上げた。墨が乾くのを待って、懐にしまう。

伝兵衛たちに謝ってから、俊介はきれいな布団に横たわった。消しますぞ、と伝兵衛がいい、ふっと息を吐く音がした。部屋が暗闇に包まれる。

俊介は、今日の疲れが布団に吸い込まれてゆくような気分を味わった。これならすぐにぐっすりと眠れよう。

幸貫のことが気になった。父上にお変わりはないだろうか。病状が急変し、はかなくなられたというようなことはないだろうか。今ここで考えてもどうしようもない。できるのは、祈ることだけである。

なにも考えずに眠ろうとしたが、不意に良美の面影がまぶたに浮かんできた。筑後久留米を領する有馬家の姫である。

会いたいな、と思った。今どうしているだろう。良美の姉の福美と俊介との縁談が進んでいると幸貫にはいわれたが、俊介は断ってくれるように頼んだ。俊介は良美のことをずっと福美だと勘違いしていたのだが、そのことを知ったから、幸貫に断るように頼んだわけではない。似鳥幹之丞が有馬家で剣術指南役を拝命したことがはっきりしたからである。辰之助の仇を指南役として仕官させた家の姫をめとるわけにはいかない。

良美のことはあきらめるしかない。俊介はぎゅっと目を固く閉じた。

伝兵衛とおきみは、すでに寝息を立てはじめている。仁八郎も規則正しい息をついているが、熟睡とはほど遠いだろう。闇のなか、なにが起きてもすぐさま対処できるように、刀を抱いて横になっているのである。

なんともありがたいものよ、と俊介は良美のことは忘れて感謝した。目をあけ、仁八郎のほうを見る。この天才剣士がいてくれるおかげで、心強いことこの上ない。

いつの日か、たっぷりと利子をつけてこの恩を返さねばならぬ。

そう決意して俊介は再び目を閉じた。

九

朝餉(あさげ)には卵がついた。

「朝から豪勢だのう」

伝兵衛が感心する。

「この宿の食事がよいとは、あのお医者、なんともうしたかの、ええと……」

「啓参先生ね」

おきみが助け船を出す。

「ああ、そうだったの。その啓参先生もおっしゃっていたが、まさかここまでよいとは思わなんだ」

「まったくでございますな」

仁八郎もうれしそうに卵を見ている。

「卵など、江戸ではお目にかかれませんでしたから」

「旗本三百石の家でも、卵は贅沢なものだったのだな」

「それはもう。正月の餅と同じくらいに貴重なものにござるよ。特に部屋住にはなかなか回ってきませぬ」

「滋養となる卵などは、まず跡取りに与えられるというわけだな」

「伝兵衛どののおっしゃる通りにござる」

「よし、さっそくいただこうか」

俊介はいって箸を手に取った。卵を割り、小鉢に落とし入れる。箸でかき混ぜてから醤油を少し入れる。あまり入れすぎないほうが卵の味がよくわかって、俊介の好みである。卵を温かなご飯にかけて、さあ食べようというとき、廊下を走り寄る足音がし、ごめんください、と腰高障子の向こうから声がかかった。やってきたのは宿の番頭のようだ。

「失礼いたします」

腰高障子がするするとあく。

「どうかしたか」

俊介は箸を置き、たずねた。

「あの、いま郡奉行所のお役人から知らせがまいったのでございますが」

なにが起きたか、番頭が告げた。俊介は衝撃を受けた。伝兵衛と仁八郎、おきみも驚きを隠せずにいる。

「まことのことなのか」

「まことのことだと存じます。お役人の使者はそうおっしゃいましたから」

「こうしてはおられぬな」

俊介はすっくと立ち上がった。仁八郎も俊介にならう。伝兵衛は目をじっと卵に落としていたが、未練を払うように顔を上げた。敷居際にかしこまっている番頭にうらみがましい目を投げる。

「おぬしが、あと少し遅く来ていたら……」

「伝兵衛、繰り言はそれまでだ。行くぞ」

「わかりました。――おい、番頭、飯はこのままにしておいてくれよ」

「承知いたしました」

番頭が立ち、俊介たちを先導するように階段を降りてゆく。

俊介たちは外に出た。明け六つという頃で、東の空がほんのりと白く染まっている。

これまでなら、旅籠をとうに発っている時分である。大気はひんやりとし、身震いが出るくらい涼しい。

その大気を突っ切って、俊介たちは吉右衛門の家に駆けつけた。

立派な冠木門の前には、郡奉行所の小者とおぼしき者が二人出て、俊介たちが入ろうとするのを拒んだ。

「お役人の小倉どのから知らせをいただいてまいったのだ」

伝兵衛が説明する。小倉と聞いて、小者の態度が一変した。

「どうぞ、お入りください」

俊介たちが冠木門をくぐると、小倉がちょうど母屋から出てきたところだった。俊介は声をかけた。

「おう、おいでか」

俊介は小倉に歩み寄った。

「二人が殺されたと聞きもうしたが、まことにござるか」

小倉が深く顎を引いた。

「ご覧になるか」

「よろしいのか」

「むろん」

俊介は振り返り、伝兵衛とおきみに目を当てた。

「そなたらは、ここで待っていてくれ」

おきみに死骸を見せるわけにはいかない。

「承知いたしました」

俊介の意を解した伝兵衛が頭を下げる。おきみは少し不満そうだったが、伝兵衛が、あそこに馬がおるぞ、と指をさすと、顔を輝かせた。

「ほんとだ。馬だ」

「おきみ坊、見に行こう」

伝兵衛がいざなう前に、おきみは厩(うまや)に向かって走り出していた。

「伝兵衛さん、早く」

十間ばかり先の厩には馬が二頭いて、澄んだ瞳で駆けてくるおきみを見つめている。

俊介と仁八郎は小倉の案内で、母屋に入り込んだ。家が広いとは聞いていたが、予期していた以上だ。まさに豪農といってよい。部屋はいったいいくつあるものか。梁(はり)と柱が、江戸でも滅多に見られないくらい太く、黒々としている。中山道沿いということもあり、このまま本陣を営めそうな建物の造りである。

「こちらでござる」

小倉にいわれて、俊介と仁八郎は足を止めた。長い廊下を進んで、戸口から半町はやってきたところだ。古いが、重厚さを感じさせる襖を小倉があける。

二つの布団の盛り上がりが、まず目に飛び込んできた。掛布団の下には死骸がある。さすがに富裕な家だけのことはあって、庶民とは縁のない掛布団がふつうに使われているのだな、と俊介は場ちがいなことを思った。

それは、辰之助のことを思い出すのがつらかったからだ。井無田屋の二人は、寝ているところを刃物で刺されたとのことだが、それは辰之助と同じ殺され方である。

俊介は枕側に回り込んだ。二人が無念の形相で虚空を見つめていた。昨日まで生きていた者が、こうして変わり果てた姿になっている。うつつのこととして、受け容れがたいものがある。

俊介は畳に正座し、両手を合わせた。仁八郎も同じことをしている。

二人の冥福を祈ってから目をあけた。気を取り直し、小倉にたずねる。

「二人は刺し殺されたということでござるが、得物はなんでござろう」

「相役の岡山によれば、刀ではないかということでござる。賊は刀を、まっすぐこの掛布団に突き入れたようにござる。検死医師の調べを待たねばならぬが、二人とも心の臓を貫かれているようにござる」

即死だったのだな、と俊介は思った。苦しまなかったことだけが救いだろう。

「二人が殺されたのはいつ頃でござろう」

「深更のことでござろうな。少なくとも、今から二刻は前のことでござろう」

八つ頃の出来事ということになる。

「惨劇に気づいた者は」

「おりませぬ。手練の仕業でござる」

小倉が二つの死骸を見下ろす。

「こうして殺されてしまったところを目の当たりにすると、昨日狙われたのは俊介どのではなく、井無田屋だったようにも思えてきますな」

その通りだが、昨日の鉄砲は確かに自分を狙っていた。それは、疑いようのないことである。

手を手ぬぐいでふきながら、部屋に入ってきた者があった。小倉の同僚の岡山である。

「おう、見えたか」

俊介と仁八郎に挨拶してきた。俊介たちはていねいに返した。

「俊介どの、さっそくのご足労、痛み入る」

「いや、こちらこそ知らせをいただき、ありがたく存じます。こちらの二人とは茶店で一緒になっただけの縁のはずでござったが、敦左衛門どのの怪我のこともあり、浅からぬ縁になっておりもうした。まさか二人の変わり果てた姿を目の当たりにするとは思わなんだが、この場にお呼びいただいたことには感謝いたす」

「いや、感謝されるようなことではござらぬよ。それがしは、俊介どのらに事情を聞きたいだけでござるゆえ」

「事情というと」

岡山が厳しい顔をつくった。

「昨夜、俊介どのらはどうされていた」

「それがしどもを疑っておられるのか」

「疑っているわけではござらぬ。関わりのある方、すべてにきかねばならぬことでござるゆえ」

なるほど、と俊介はいった。岡山のいい分を真に受けたわけではないが、ここで逆らっても仕方がない。どのみち無実なのはまちがいないのだから。

「山吹屋で寝ておりもうした」

俊介が答えると、岡山は仁八郎に目を移した。仁八郎も俊介と同様の答えを返した。

「刀をお見せ願えるか」

岡山が申し出る。

「もちろん」

俊介に否やはない。腰から両刀を取り、岡山に渡した。岡山が大刀と脇差をじっくりと調べる。血糊などがついていないことを確かめたのち、俊介に返した。

「仁八郎どのもお見せくだされ」

腰から両刀を抜き取ったが、仁八郎は岡山に渡そうとしない。俊介を見ている。仁八郎の意図を解した俊介は、大刀を仁八郎に手渡した。仁八郎が俊介の刀を腰に差し、それから自分の両刀を岡山に差し出した。岡山は俊介たちのやりとりを不思議そうに見ていたが、すぐに仁八郎の両刀をあらためはじめた。

「かたじけない」

納得したような顔で、岡山が仁八郎に刀を戻す。仁八郎は腰の刀を俊介に返してから、両刀を腰に帯びた。

岡山が二人の死顔を見やる。

「昨日、井無田屋はここでどんなことが起きたか知らせるために、名古屋の店へ使者を送ったそうにござる。主人が怪我を負ったと知って、店の者はあわててやってくるであろうが、まさか仏と対面することになるとは思いもせぬだろうな」

俊介は岡山を見つめた。

「井無田屋は材木問屋として、美濃や信濃の材木を手広く扱っていると聞きもうした」

「それがなにか」

俊介は腹に力を込めた。

「死者を前にこんなことをいいたくはないのでござるが、井無田屋が後ろ暗い真似をしているという風評はなかったのでござるか」

俊介の思いきった物言いに、岡山と小倉が同時に厳しい顔になった。

「それは、つまり御留山(おとめやま)の木々を伐(き)り出していたのではないかといわれるのか」

「それがしに二人がなにをしていたのかなど、わかりようもござらぬが、井無田屋の中心である二人の人物が、このような変わり果てた姿になったというのは、やはり犯罪が絡(から)んでいるのではないか、と愚考する次第にござる」

「承知した。調べてみることにいたそう」

「それがしどもは、引き上げてよろしいか」

「どうぞ、かまいませぬ。旅を再びはじめられるのでござるか」

俊介を見つめて岡山がきく。

「そのつもりでござる。これ以上それがしどもがいても、力になれることはござらぬ」

「よい旅を続けられよ。似鳥幹之丞が見つかることをそれがし、祈っておる」

「かたじけなく存ずる」

俊介は一礼し、もう一度、二人の死者に向かって合掌してから部屋をあとにした。

「俊介どの、なにかご不満でもあるのでございますか」

廊下を歩き出してしばらくしたとき、仁八郎が問うた。俊介は顔を向けた。

「井無田屋の二人のことか。このまま放っておいて旅立つのは、正直、気分がよくない。俺を狙った鉄砲の玉を受けて敦左衛門どのが怪我をし、この家に二人してやってきた。そしてむごい殺され方をした。調べたいのは山々だ。いや、調べるべきではないかと思うておる。このままにしておいたら、夢見が悪い」

「やはり、さようでしたか」

仁八郎が相槌を打つ。

俊介たちは外に出た。伝兵衛とおきみは厩の前にいて、二頭の馬の顔や首をなでている。人に馴れた馬で、二頭は喜んで首を伸ばしていた。伝兵衛とおきみの二人を見ていると、本物の祖父と孫娘に思えてくる。二人とも連れてきてよかったという気になる。

「しかし俊介どの、冷たいいい方をすれば、二人の死は我らには関わりありませぬ。もしこのあたりの美林の盗伐に関して二人が殺されたのであれば、自業自得でしかありませぬ。ここで殺されなくても、名古屋に帰る途上で必ず殺されていたでしょう」

俊介はうなずいた。

「仁八郎のいう通りであろうな」

西の空を見た。

「俊介どのには、寺岡どのの仇を報ずるという重い役目があります。ここで、井無田屋の事件にかかずらっている暇はありませぬ。一刻も早く幹之丞を追わねばなりませぬ。万が一、久留米城内に逃げ込まれたら、それこそ手出しができませぬぞ」

俊介は苦笑して仁八郎を見た。

「仁八郎、そなた、いい方が辰之助によう似てきたな」

「えっ、まことにございますか」

「うむ、まことだ。まるで辰之助の魂が乗り移ったようだぞ」

「さようですか」

首をかしげて仁八郎が顔をなでる。

「実際、寺岡どのは俊介どののことが心配でならず、それがしの体を借りて、そばにいらっしゃるのかもしれませぬな」

この旅の最中、辰之助の息吹を感じたような気がしたのは、一度や二度ではない。辰之助がついてきているのは、まちがいないと俊介は思っている。

目を上げ、もう一度、西の空を見た。あの空の下に似鳥幹之丞はいるのか。

「わかった」

俊介は仁八郎にいった。

「井無田屋の二人の件は郡奉行所の両人に任せ、我らは似鳥幹之丞を追って先を急ぐことにいたそう」

満足そうに仁八郎がうなずく。

俊介は伝兵衛とおきみの名を呼んだ。優しく手招くと、俊介のおじさん、と叫んでおきみがだっと走り出した。

「おきみ坊、待ってくれ」

伝兵衛がおきみのあとを追う。走り方も以前のものとまったく異なっている。腰のふらつきなど微塵もなく、むしろどっしりと落ち着いて、いかにも遣い手を感じさせるものに変わってきていた。

伝兵衛は日に日に頼もしくなってゆく。しかも若返ってゆく。

これはおきみの力が、とてつもなく大きいのだろう。おきみという娘がそばにいる以上、伝兵衛は体裁の悪い真似は決してできぬと心に決めているのだ。

よいことだ、と俊介は思った。本当は江戸の上屋敷に置いてゆくつもりだったが、そんなことにならず、本当によかった。

幸貫には、旅に出れば伝兵衛がどう変貌するかはっきりと見えていたのだろう。

俺も父上を見習い、物事を見通せる日を持たねばならぬ。

「よし、おきみ。いったん宿に戻るぞ」

「うれしい。朝餉はちゃんと残っているよね。もうおなかぺこぺこだよ」

「俺もだ。腹が減って倒れそうだ」

「俊介どの、ようやく卵にありつけますな」

「うむ、伝兵衛、楽しみだな」

「まったくでござる。卵を入れた小鉢が思い出されて、唾が出てなりませぬ」

伝兵衛が俊介を見つめる。

「井無田屋の二人はどうでござった」

俊介は簡潔に伝えた。

「さようか。刀で一突き……」

伝兵衛も辰之助の死を思い出したようだ。

「俊介どの、まさかと思いまするが、首を突っ込むような真似はされませぬな」

俊介はほほえんだ。

「安心しろ。仁八郎にも釘を刺された。食事を終えたら、先を急ぐ」

伝兵衛がにっこりと笑う。

「それを聞いて安心いたしました」

伝兵衛、と俊介は呼びかけた。

「そなた、顔のしわが消えてきたな。その分なら、本当に子をはらませられるのではないか」

破顔して伝兵衛が胸を張る。

「当たり前にござる。それがし、これから何人も子をつくる気でござる」

その意気やよし、と俊介は思った。二十足らずの自分が伝兵衛に負けてはいられぬ。若者らしい元気を出さなければならぬ。

第二章　腹切り伝兵衛

一

見渡す限り、美林が続いている。

街道の両側に屹立する山の斜面は、すべて檜林である。ため息が出るようなすばらしさだ。壮観の一語に尽きる。

あれらの檜をすべて伐採し、売り払ったら、いったいどのくらいの金になるのだろう。何万両どころの騒ぎではあるまい。

信じがたい大金になるのがわかっているにもかかわらず、尾張家はほとんど伐採することなく保護に力を注いでいる。その姿勢に、俊介は感心するしかない。

貧苦にあえいでいる他の大名家なら、次から次へと伐採し、とうにはげ山にしてしまっているにちがいない。

おびただしい米のとれる広大な平野を持ち、木曽三川の水運業から上がる御用金でも潤う尾張家はそれだけ豊かということなのだろうが、決して木曽檜に手を出さない余裕というのは、まさに御三家筆頭の面目躍如といったところではあるまいか。

井無田屋の二人が殺された事件がどうなったのか、本当に木曽檜絡みの事件だったのか、俊介には気になるところだが、馬籠宿の山吹屋を発って、まだ二刻しか経過していない。探索に進展があったとも、下手人が捕まったとも思えない。

馬籠宿と次の落合宿のあいだにある十曲峠を越えたところで信濃路は終わり、俊介たちはすでに美濃路に入っている。

十曲峠の下り坂には、八町にわたって石畳が敷かれていた。坂を上る旅人のために、公儀が敷き詰めたのであろう。俊介たちは下りだから楽だったが、逆ならば相当のきつさを強いられるのは想像に難くなく、この石畳はありがたいことこの上ないだろう。

石畳が終わってしばらく歩くと、落合宿に出た。こぢんまりとした宿場で、三町ほど進んだところで家並みは途切れた。宿場の戸数は七、八十くらいではないだろうか。

俊介たちは似鳥幹之丞の人相書を宿場の者に見てもらったが、誰一人として幹之丞を見た者はいなかった。

落合宿の一里先にある宿場が、中津川宿である。中津川宿の次の宿場である大井宿を過ぎて少し行った槙ヶ根という地が、名古屋へつながる下街道の起点となっている。

俊介たちは今、そこを目指している。井無田屋の二人が殺された件で馬籠宿を出るのが遅かったこともあり、今日は無理をしないと決めていた。

もう昼が近い。あと四半刻ほどで、九つになるはずだ。

「おきみ、腹は空かぬか」

俊介は、すぐ横を歩いている小さな影に声をかけた。おきみが見上げてくる。けがれがないとの表現がぴったりくる、つぶらな瞳がまぶしい。

「うん、空いた」

「それがしも空きもうした」

おきみを見守ってうしろについている伝兵衛が腹をさする。

「もう腹が減って腹が減って、倒れ込みそうにござる」

「相変わらず大袈裟だな。山吹屋で、朝餉をあんなに食べたではないか」

「そんなに食べてはおりませぬ。せいぜい三合といったところでござる」

「それだけ食べれば十分だろう。だいたい一日五合と相場が決まっておる。朝餉で三合など、食べ過ぎだ」

「最近の若い者が、食べなさ過ぎなのでござるよ。とにかくなにか腹に入れぬと、それがしは行き倒れになってしまう」

「行き倒れになったら、置いてゆくまでだ」

伝兵衛がにやりとする。

「なんだ、その顔は」

「俊介どのは、行き倒れになったそれがしを置き去りにするような真似はできますまい」

「さて、どうかな。俺は冷たいぞ」

「俊介どのが冷たいとおっしゃるのなら、この世にあたたかな者など一人もおらぬということになりましょう」

おっ、と伝兵衛が目を輝かせた。

「俊介どの、蕎麦屋がありますぞ」

街道の左側のこぢんまりとした一軒家の手前に蕎麦と染め抜かれた幟が立ち、風にひるがえっている。一軒家には、煮染めたような暖簾がかかっていた。

「伝兵衛、蕎麦切りでよいのか」

「それがしの大の好物にござれば。それに、美濃の蕎麦切りも食してみたくござる」

「なるほど、それもまた一興よな。信濃の蕎麦切りと味がちがうものなのか」

俊介はおきみと仁八郎に目を移した。

「蕎麦切りでよいか」

「私、お蕎麦、大好き」

「それがしも大の好物にございます」

「ならば、入ろう」

俊介は蕎麦屋の暖簾を払った。

「それがしが先に」

仁八郎が戸をあけ、なかをのぞきこんだ。いらっしゃいませ、とやわらかな女の声が耳に届く。仁八郎の肩越しに、店内の様子が見えた。狭い土間の奥が十畳ほどの座敷になっており、旅姿の先客が四人、かたまって蕎麦切りを手繰っていた。

俊介たちも座敷に上がり込んだ。

「いらっしゃいませ」

あらためていって、小女が俊介たちに寄ってきた。俊介たちは、ざる蕎麦を頼んだ。おきみが一枚で、俊介たちは二枚ずつである。ありがとうございます、といって小女が厨房に注文を通しに行った。

「楽しみですな」

伝兵衛が手をこすり合わせる。

「うむ、まったくだ」

蕎麦切りは期待にたがわぬものだった。田舎の蕎麦そのものだったが、香りが立ち、味も濃かった。蕎麦つゆもたっぷりとだしがとられ、蕎麦湯で割って飲むと、ひじょうに美味だった。俊介たちは満足して蕎麦屋をあとにした。蕎麦屋の小女に似鳥幹之丞の人相書を見てもらったが、見覚えはございませんねえとの答えだった。

「それにしても、よい店でしたな」

伝兵衛は、心地よさそうに腹をなでさすっている。驚いたことに、うまいうまいといって、六枚のざる蕎麦を平らげてみせたのである。俊介も負けじとがんばったものの、四枚が限度だった。仁八郎は三枚で箸(はし)を置いた。

「うむ。毎度いまのような店に当たるとよいな。なかなかそうはいかぬのだが」

「今日は運がよろしゅうござった。幸先がよいといえましょうな」

伝兵衛は上機嫌である。

その様子を見て、俊介もうれしかった。六枚のざる蕎麦はいくらなんでも食べ過ぎのような気もするが、六十八という年にもかかわらず、それだけ食べられるというのは、逆にすばらしいことではないかと思うのだ。仁八郎も同じ思いなのか、にこにこと伝兵衛を見ている。

信濃路が終わっていることもあるのか、このあたりはもはや山中とはいえない。見晴らしのよい景色が眼下に広がっている。下り道がずっと続き、足はとても楽である。行く手に中津川の宿場が見えはじめていた。

宿場の入口の左側に、尾張家の番所があった。馬籠宿の手前にあったものと同じで、ここも白木改番所である。檜などの抜け荷を取り締まっている様子だ。

丸太などは重く、木曽川の水運を利して下流に流すため、要所に川番所が設けられる。曲物(まげもの)などにすぐに使える白木は軽いために、馬や荷車で運ばれる。それらを厳しく取り調べるために、街道沿いに番所が設置されるのである。

二里半もないあいだに二つの番所を置くなど、尾張家の檜の抜け荷に対する姿勢がはっきりと伝わってくる。

中津川は城下町であり、宿場は十町以上にわたって続いており、右手の百五十丈ほどの小高い山の上に城が望める。苗木(なえぎ)城と呼ばれる城である。城主の遠山(とおやま)家は、一万石を領する小大名だ。

遠目ではあるが、一万石の大名のものとは思えないほど立派な城に見える。自然の石を利用した石垣が、ことのほか目を惹(ひ)く。城を持てるのは二万石以上の大名でなければならないはずだが、俊介の目に映っているのは陣屋という規模ではない。

関ヶ原の合戦の折、当時の遠山家の当主が西軍方だった苗木城を奪い、その活躍を徳川家康に認められて、遠山家は先祖の地である苗木の城主に返り咲いた。神君である家康が与えた城を幕府としても取り上げるわけにはいかず、遠山家は今も城持ち大名として続いているのである。

一万石程度の大名で、城持ちというのは遠山家だけと聞く。それだけに、あれほどの城を維持していかねばならないのは、気の毒になるほどたいへんであろう。遠山家は借財漬けなのではあるまいか。

もっとも、俊介も他家の心配をしているときではない。真田家も台所の事情は似たようなものである。

遠山家の城下町にもかかわらず、中津川に尾張家の番所が設けられているのは、檜は尾張家のものであるからだろうが、やはり小大名ということで、抜け荷の取り締まりまで手が回らないのであろう。

中津川宿には、本陣と脇本陣がそれぞれ一軒ずつあった。俊介は本陣の立派すぎるほどの建物を目の当たりにして、不思議な感懐にとらわれた。

おそらくこの地にやってくることは、生涯でもう二度とないだろう。真田家の家督を無事に継いだとしても、決して泊まることのない本陣である。当たり前といえば当たり前なのだろうが、そのことがなぜかこの世のことでないような気持ちになったのである。

この宿場でも、土地の者に幹之丞の人相書を見せて回ったが、収穫はなかった。

中津川宿を出ると、すぐに二つの橋があり、俊介たちはそれらを渡った。二つの橋は、地名のもとになっている中津川に架かっていた。

中津川から二里二十町ばかり行ったところに大井の宿場があるが、俊介たちはそこで休息を取るつもりで道を歩き進んだ。

大井宿まで一里近くはあるのではないかと思えるところに、またも白木改番所があった。尾張家の警戒の厳しさは、あきれるほどだ。

そこから半里ほど行くと、急な坂道があらわれた。さほどの長さではないが、傾斜が急で、かなりきついのは上りはじめる前から知れた。だが侍たる者、この程度の坂でひるみを見せるわけにはいかぬ。

「おきみ、おぶさるか」

俊介は笑みを浮かべてきいた。

「いいの」

「ああ、かまわぬ。おなごの足に、この坂はきつかろう」

俊介はしゃがみ込み、背中を見せた。

「俊介どの、それがしが」

伝兵衛があわてて代わろうとする。

「よいのだ」

俊介は伝兵衛を制した。

「姫、早うお乗りくだされ」

俊介はおどけておきみにいった。

「うむ、苦労である」

おきみが厳かにいい、俊介の背中にしがみついた。俊介は軽々と立ち上がった。

「おきみはまだまだ軽いな。早く大きくなれ」

「おいしいものをたくさん食べさせてくれたら、大きくなるわ」

おきみは、俊介の背中にべったりとなっている。

「おじさんの背中は居心地がいいわ」

「それでは、まるでわしの背中はよくないように聞こえるぞ」

「伝兵衛おじさんも悪くはないのよ。でも俊介おじさんのほうがいいの」

「そんなことをいうと、わしはもう二度とおぶらぬぞ」

「ごめんなさい。伝兵衛おじさんのおんぶはこの世で最高よ」

「とってつけたような物言いだが、まあ、許してやろうかの」

坂を上り切ったときに平気な顔をしていたのは、仁八郎だけだった。俊介はおきみをおぶったこともあり、さすがに足に鈍い疲れを覚えていた。

伝兵衛は息も絶え絶えだが、たいしたことはなかったの、といい放ち、強がっていた。

俊介たちはさらに歩き続け、街道は大井宿に入った。ここでも宿場の者に幹之丞の人相書を見せたが、手応えのある言葉を聞くことはできなかった。

茶店で四半刻ほど休憩してから、俊介たちは再び歩き出した。宿場を出ると、阿木川という川があり、橋が架かっていた。

橋は切石に行き桁を渡し、その上に板を架けてあるものに過ぎず、杭もない。阿木川にはそういう橋が大小二つ渡されている。ごうごうと音を立てて流れが切石にぶつかるために、橋はかすかに揺れていた。

俊介は川に落ちないように注意しつつ歩を運んだ。途中、仁八郎が青い顔をしているのに気づいた。

「怖いのか」

「いえ、橋は怖くありませぬ」

「だが、顔色が悪いぞ」

「泳げぬもので。もし落ちたら死ぬなあ、と思ったものですから」

「えっ、仁八郎は泳げぬのか。そうか、知らなかったな」

俊介は仁八郎に笑いかけた。

「安心しろ、もし落ちたら俺が助けよう。といっても、もう橋は終わりだな」

俊介たちは阿木川の橋を渡りきった。おきみは伝兵衛が手を引いて渡らせたが、助けがなくとも、へっちゃらという顔をしていた。

阿木川を過ぎてしばらく行くと、西行硯池（さいぎょうすずりいけ）というものがあった。鎌倉に幕府がひらかれた頃、歌僧として知られた西行が、三年ものあいだ暮らした場所であるという。ここに湧（わ）く泉で西行が墨をすったことから、この名がついたそうだ。

西行硯池の先は再び厳しい峠道になる。坂道を上っていくと、今度は五輪塔があらわれた。この地で没した西行を葬った場所に土地の者が建てたもののようで、西行塚と呼ばれているらしい。

西行がその生涯を終えたといわれる地はいくつもあるようだが、ここもそういう伝説の地の一つであるのだろう。それゆえ、この峠道は西行坂と呼ばれているそうだ。

このあたりは見晴らしがよく、四方が見渡せた。さっき通ってきたばかりの大井宿や次の宿場である大湫（おおくて）宿、その向こう側に広がる低い山並み、まだ雪の残る高い山々もくっきりと見えている。恵那（えな）山と呼ばれている山の雄姿も望める。まさに絶景といってよい。こういう景色を目の当たりにすると、疲れが飛んでゆくから不思議なものだ。

西行塚をあとにして先に進むと、何軒もの茶店がかたまっている場所に出た。数えてみると、茶店は九軒あった。

ここが槙ヶ根の追分となっている場所で、そのことを示す道標が立っている。

左側に口をあけている小道が下街道で、伊勢街道とも呼ばれる。これは、中山道を上街道と見立てているからである。

槙ヶ根は、大勢の旅人でにぎわっていた。中山道を使ってお伊勢参りにやってきた者のほとんどが、ここから下街道を通って名古屋、さらに伊勢神宮を目指すのである。

俊介たちは茶店で一休みして喉を潤し、小腹を満たした。厠にも行った。

「おきみは、厠はよいのか。まだ行っておらぬだろう」

俊介はおきみにたずねた。おきみが眉を曇らせる。

「うん、したくないから」

「だが、しておいたほうがよいぞ。今はよいが、途中、必ずしたくなるぞ」

「でも、厠がすごく混んでいるから」

「混んでいるから行きたくないのか」

「うん、ちょっとね」

俊介は厠のほうを見た。確かに大勢の者が並び、順番を待っている。ほとんどが女である。男たちはそのあたりの木陰でも立ち小便ができるが、女はそういうわけにはいかない。むろん、なかには立ち小便のできる猛者もいるが、おきみはそういう気質ではない。

あれでは確かに落ち着けぬな、と俊介は思った。おきみがあそこでしたくないというのもわかる。

「おきみ、では出立するが、かまわぬか」

「うん、いいよ」

明るい口調でいう。

「ならば、まいるか」

俊介たちは腰を上げて茶の代を払い、下街道に足を踏み入れた。

最初は下りが続き、鬱蒼とした森のためにあまり視界もきかなかったが、やがて道は平坦になり、木々も切れてきた。街道沿いに連なる家々も目に入る。行きかう人も多く、中山道よりよほど栄えているのではないか。

槙ヶ根の追分から二里ばかり行くと、釜戸という宿場に出る。その途中、おきみがそわそわしはじめた。

「小便か」

俊介は小声できいた。おきみが泣き出しそうな顔になる。

「うん、そう」

俊介はあたりを見回した。ちょうど家並みが切れ、厠を借りられそうな家はない。

「もう少し我慢できるか。次の家で厠を借りるとしよう」

「借りるのはいや。恥ずかしいもの」

「そうか。だが、茶店も見当たらぬぞ」

おきみが意を決した顔つきになった。三間ほど離れた藪を見る。

「そこでしてくる」

「えっ」

「のぞいちゃ駄目よ」

俊介の頭を神隠しのことがよぎった。

「おきみ、ときおり声をかけるから、返事をしてくれ。よいな」

「うん、わかった」

おきみが藪に向かって駆けてゆく。草木や竹が生い茂っているなかに、隙間を見つけてすぐさま入り込んだ。

姿が見えなくなり、俊介は急に不安に襲われた。これはおきみから目を離したことにほかならない。だが、のぞいちゃ駄目よ、といったくらいである。おきみは小用を足しているところを見られたくはないだろう。大丈夫だと俊介は自らに言い聞かせた。

いつからか、涼しい風が吹きはじめ、空は雲が出て暗くなっている。

いやな雰囲気だな、と俊介は思った。仁八郎と伝兵衛も、気がかりそうに藪を見つめている。

「おきみ」

しばらくして俊介は呼んだ。だが、いくら待っても応えがない。

「おきみっ」

俊介は怒鳴るように声を発した。やはり返事はない。返ってきたのは沈黙だけだ。

「おきみっ」

俊介たちは藪に向かって走った。

「おきみ」

がさがさと音がして、藪が二つに割れた。おきみが顔をのぞかせる。

「なんだ、いたか」

俊介は胸をなで下ろした。おきみの背後に林が見えていた。おきみはあそこまで行ったのかもしれない。仁八郎と伝兵衛もほっとした顔をしている。

おきみの顔が青く、なにもいわないのに俊介は気づいた。唇が小刻みに震えている。

「どうした、おきみ」

おきみがはっとして見上げる。

「どうしたって、なにが」

「いや、元気がないぞ。寒いのか。震えているじゃないか」

「えっ、そう」

おきみが首を振る。

「そんなことはないわ。寒くなんかないわ」

「顔色もよくないぞ、おきみ坊」

伝兵衛も心配そうに見つめている。

「なにかあったのではないかの」

ううん、とおきみが勢いよくかぶりを振った。髪の毛がふんわりと揺れる。

「なにもないわ。あるわけないじゃないの」

明らかに強がっている。俊介は藪の向こうの林を見やった。だが、人の気配がするわけではなく、少し激しくなった風が梢を騒がせているだけである。

俊介は内心で顔をしかめた。俺もまだまだだな、と思う。おきみから全幅の信頼を置かれているわけではないのだ。

「今日は釜戸で宿を取ることにしよう」

「ええ、それがよろしいでしょう」

仁八郎が同意する。

「あまり無理をしても仕方ありませぬ」

「釜戸まではあと一里くらいでござるかな」

「うむ、そのくらいだろう」

伝兵衛がおきみを見る。

「おきみ坊、おぶさるか」

「うん」

おきみがほっとしたようにうなずく。伝兵衛が背中を見せると、がっちりとした両肩に手をかけた。

「よし、行くぞ」

伝兵衛が楽々と立ち上がり、歩き出した。しばらく落ち着かず、うしろを振り返っていたが、やがておきみは眠りについた。それを見て、俊介は安堵した。伝兵衛もほっとした顔で歩を運んでいる。仁八郎だけは、瞳にやや厳しさを宿していた。

このままなにごともなく釜戸の宿場に着くかと思っていたが、そうはいかなかった。

柄の悪い男は全部で十人いた。着ているものはいずれも粗末で、ほとんど半裸の者もいる。雲助か人足としか思えない者たちである。ひげ面ばかりで、まともに月代を剃っている者は一人としていない。

物取りの類だなと俊介は思い、他の旅人のためにも叩きのめすことを考えたが、男たちには別の目的があった。

「おまえさん方、お頭を見てねえか」

六尺の背丈を誇り、丸太のような腕をした男がきいてきた。よだれを垂らした山犬のように無知で凶暴そうな顔をしているが、猫の気配を感じた鶏のように落ち着きがない。よほど動転しているようだ。

「人捜しをしているのか」

仁八郎がずいと出た。男とは一尺以上も背丈がちがい、まさに大人と子である。仁八郎は、片手でひょいと十間ほども投げ飛ばされそうだ。

「だが、おぬしらの頭の顔は知らぬゆえ、なんとも答えようがないな」

「ひげ面で目がぎょろりとでかくて、鼻は押し潰されたようになっている。体は細いが、胸板だけは張っている。背丈は五尺五寸、着ているものは俺たちと似たようなもんだが、ときおりよい着物を着ることがある。年は四十五だが、少し若く見えて、おなごにはそこそこもてる」

仁八郎が首を横に振る。

「見ておらぬ」

「そ、そうか」

男たちが顔を見合わせる。

「よし、あっちだ」

俊介たちが来たばかりのほうへと、男たちは地響きを立てて去っていった。

「あいつらの頭というと、なんでしょうか」

仁八郎が見送って俊介にきく。

「駕籠かきの頭ですかね」

「このあたりは川が多いからな、川人足かもしれんぞ」

俊介たちは再び歩き出した。おきみはぐっすりと寝入ったままだ。

「頭とはぐれて、あいつら、相当あわてていましたね」

「頼りになる頭なんだろう」

俊介の目に、釜戸の宿場が見えてきた。

「どうしていなくなったのですかね」

「なにか諍いがあって連れ去られたか、あの者どもの頭をしているのがいやになり、自ら姿を消したか」

「子分どもに内緒でおなごのもとに走ったというのも考えられますぞ」

伝兵衛がおかしそうに笑った。

宿場に入ったとき、おきみが喧噪に目を覚ました。不安そうにきょろきょろとまわりを見渡した。俊介と目が合い、にこっと笑う。ただ、その笑いにはおきみらしい明るさは微塵もなく、瞳には気がかりの色が濃くあらわれていた。

俊介はなにがあったのか問いただしたかったが、おきみが口をひらこうとしないのではどうしようもなかった。

釜戸の宿には、何軒かの旅籠が連なっていた。いつものように他の旅人と相部屋にならない旅籠を、俊介たちは今宵の宿とした。旅籠は多聞屋といった。

風呂に入り、粗末な食事を終えると、あとは寝るしかなかった。あまり日に当てられていない布団で、ひどく硬く、しかもくさかったが、眠気のほうがまさった。

こういう布団に横たわると、これまで自分がいかに恵まれていたか、俊介は思い知らされる。町人や百姓にくらべたら、極楽にいるような暮らしをしていた。

この経験はきっと将来、役に立とう。いや、役に立てずにどうするのだ。

そんなことを考えているうちに、いつしか俊介は眠りの沼に落ち込んでいた。

二

どのくらい眠ったものか、なんとなく気配がして、俊介は目を覚ました。

隣の布団が、もぞもぞと動いている。

「おきみ、どうした」

俊介はささやいた。だが、おきみはなにも答えない。俊介は重ねて問うた。

「厠に行きたいの」

小さな声がようやく返ってきた。

「そうか。一人では行けぬのだな」

下街道で用を足したとき、おきみの身になにかあったのはまちがいない。そのことが頭から離れず、おきみは厠に一人で行けないのだろう。これまでは、どの旅籠でも一人で行っていたのである。

俊介は起き上がろうとした。

「いや、俊介どの、それがしがまいる」

おきみの向こう側の布団から、伝兵衛がむくりと身を起こした。

「伝兵衛、よいのか」

「はい、ちょうど厠に行こうと思っていたところでござる。それがし、だいぶ近くなりましたからな」

「ならば、おきみを頼んでよいか」

「もちろんでござる。お任せあれ。おきみ坊から決して目は離しませぬ」

「伝兵衛、ではよろしく頼む」

はい、と伝兵衛が答えた。

「よし、おきみ坊、まいろうか」

伝兵衛がおきみの手を引き、腰高障子を横に滑らせた。二つの影が部屋の外に出た。

腰高障子が閉められる。二つのひそやかな足音が遠ざかり、階段を降りていったが、やがてそれも消えた。

俊介は目を閉じた。だが、ほとんど眠気はない。ぐっすりと眠った証だろう。

いま何刻なのか。耳を澄ませてみたが、旅籠から人が動いている物音は一切しない。朝の早い旅籠の者も、まだ誰も起き出していないのだ。八つを過ぎたくらいではないか。七つにこの旅籠を出るにしても、あと一刻近くある。

またも父の幸貫のことが思い出された。元気になってほしい。どうせ長崎に行くのだから、俊介はそちらで父の病に効く薬を探してみるつもりでいる。特効薬が見つかればよいが、果たしてどうだろうか。

次に頭に浮かんだのは、有馬家の姫の良美である。顔を見たくてたまらない。会えないのなら、せめて夢に出てきてほしいが、これまで一度もあらわれてはくれない。もしかすると、出てきているのかもしれないが、記憶がまったくない。見終わると、すべて忘れてしまうのである。

良美のことを念じて眠ってみたら、出てきてくれるだろうか。

きっと祈り方が足りぬのだろう。俊介は良美の顔を思い描いて、目を閉じた。

「戻ってきませせぬ」

仁八郎の声が聞こえた。俊介は目をあけた。

「なにがだ」

「厠に行った二人です」

俊介は体を起こし、仁八郎を見た。

「そういえば、もうかなりたつな」

「はい、小便にしては長すぎるような気がします」

俊介はすっくと立ち上がった。寝巻の帯に刀を差す。そのときには、仁八郎が腰高障子をあけていた。

俊介は廊下に出、階段を降りた。仁八郎がうしろに続く。

厠は建物の一番端にあり、庭に突き出すような形で設けられている。

俊介は、厠の前で横になっている人影を見つけ、走り寄った。うつぶせに倒れているのは伝兵衛だった。

俊介の脳裏を辰之助のことが駆け抜け、まさか殺されてしまったのではあるまいな、と背筋に冷たい汗がじわっと浮いたが、ほっとしたことに伝兵衛は息をしていた。当身でもくらったのかもしれない。

「伝兵衛」

俊介はやせた体を起こし、揺さぶった。伝兵衛は目を覚まさない。俊介は伝兵衛の頬をぱんぱんと叩いた。それでようやく目をあけた。

「あっ、若殿……」

今は、呼び方をとがめている場合ではなかった。

「伝兵衛、おきみはどうした」

仁八郎が、二つある厠のなかをのぞきこんでいる。素早く両方とも確かめ、俊介に向かって首を振ってみせた。

「えっ、おきみ坊でござるか。その厠に……」

「いや、おらぬ」

「えっ」

泡を食って伝兵衛がきょろきょろする。

「あいたた」

いきなり顔をゆがめて、首筋を押さえた。眉根を寄せて俊介を見る。

「思い出しました。それがしは、おきみに小便をさせているあいだ、ここに見張りとして立っていました。そのとき、何者かがうしろからそれがしを襲ったのでござる」

「おきみはかどわかされたようだ」

「なんということだ」

伝兵衛が呆然とする。すぐにきりっとした顔になって床に座り込み、腹をくつろげた。

「なにをしておる」

「死んでお詫びを」

伝兵衛が腰の脇差を手にする。

「馬鹿者っ」

怒鳴りつけるや俊介はさっと脇差を取り上げた。あっ、と伝兵衛が間の抜けた声を出す。

「そんなことをしている場合かっ。伝兵衛、おきみは殺されたわけではない。かどわかされたのだ。ここで死んでなんとする」

「しかし」

「とっとと立て」

俊介の迫力に押されたように、伝兵衛がしゃきっと立ち上がった。

「よし。仁八郎、伝兵衛」

二人が、はっと答えて俊介を見つめる。

「まずは部屋に戻り、着替えからはじめる。おきみを捜すのに、下街道を戻ろうと思っている。寝巻姿では動きにくい。承知か」

「承知いたしました」

階段を上がった俊介たちは、部屋ですっかり慣れた旅姿に着替えた。

宿の者を起こし、おきみが何者かにさらわれたことを告げた。宿の者たちは驚きの色を一様に顔に浮かべた。

俊介はこのことを宿役人に知らせてくれるように頼み、万が一、おきみが無事な姿を見せるようなことがあれば、この宿に置いておいてくれるように併せて依頼した。心配そうな顔を並べた宿の者たちは快諾してくれた。

宿代はすでに払ってある。俊介たちは宿の主人が貸してくれた提灯(ちょうちん)を手に、旅籠を飛び出した。

目指すは、昨日おきみが小用に行った藪である。小用から戻ってきたとき、おきみの様子は明らかにおかしかった。

あそこでいったいなにがあったのか。いま考えれば、おきみはおびえていた。なにかを見たのかもしれない。とにかく、あの場でのことが、今回のおきみのかどわかしにつながっているのはまちがいない。

俊介たちは、まだ明けやらぬ空の下、必死に駆けた。

いったい何者がおきみをさらったのか。賊は厠で待ち構えていたのだろうか。

厠といえば、以前同じことがあったのを思い出す。弥八(やはち)である。

幹之丞の居場所を知らせようと、あの男は真田家の江戸上屋敷の厠のそばで俊介が来るのをひたすら待っていた。

あの男は今なにをしているのか。遊び人らしいという話は聞いたが、なにを生業にしているのか、今もってわからない。江戸で人助けをしながら暮らしているのだろうか。

実は、俺たちの近くにいるなどということはないのか。

そうであるならうれしいのだが、それは考えられぬ、と俊介は心中で一蹴した。江戸を発ってもう半月近くになるというのに、弥八の気配など一度も感じたことはないのだ。仁八郎も同様だろう。

その仁八郎に、旅に出る俊介の警固に就くようにいったのは弥八だが、義理としてはせいぜいその程度だろう。弥八自ら俊介を追って旅に出るというようなことは、まずあり得ない。俊介の命を狙った男であるからということではなく、人としてそこまで酔狂ではなかろう。

四半刻もかからずに、俊介たちは目当ての場所に着いた。立ち止まった俊介は、注意深く見回した。夜の潮はまだ満ちたままで、あたりをどっぷりと浸している。夜明けの兆しはどこにも見当たらない。

俊介たちは提灯を掲げて藪を抜け、林に足を踏み入れた。林はひんやりとし、どことなく霊気すら漂っているような気がした。

林のなかをくまなく調べた。

「血の跡があります」

闇に仁八郎の声が響き、俊介と伝兵衛は林の奥に立つ小柄な影に向かって駆けた。

「ここです」

俊介は、仁八郎のかざす提灯の真下を見つめた。確かに血の跡らしいどす黒いものが、倒木についている。おびただしい量といってよい。

かがみこんだ俊介は指でなぞり、においを嗅いだ。鉄のようなにおいがする。

「うむ、まちがいない」

俊介は立ち上がり、仁八郎を見た。

「ここで誰かが殺されたのだろうか」

「この血の量からして、そうとしか思えませせぬ。刀で斬られたのでしょう」

「それをおききみは見たのだな」

「そういうことにござる」

伝兵衛が重々しい口調でいう。

「だから、あんなにおびえた様子を見せていたのでござろう」

俊介は顎に手を当て、考え込んだ。

「だが、もし人殺しを見たとして、どうしておきみはなにもいわなかったのか」

仁八郎がはっとし、俊介を見つめる。

「口止めをされたのではないでしょうか」

「うむ、そうかもしれぬ」

俊介は同意を示した。

「いま目にしたことをもし誰かに話せば、命はないぞ。こういわれたか。連れを殺すとでもいわれたかもしれぬ。俺や伝兵衛を殺すといわれれば、おきみは黙っているしかなかったのだろう」

仁八郎が首をひねる。

「しかし俊介どの。おきみちゃんは賊にいわれたことを守り、ここで見たことについてなにもいわず黙っていました。それなのにかどわかされたというのは、どうしてでしょう」

「賊の気が変わったか。やはり女の子ゆえ、話してしまうと思ったのかもしれぬ」

俊介は首を横に振った。

「いやいや、ちがうかもしれぬ。神隠しということも考えられる」

えっ、と仁八郎が声を漏らす。

「おきみちゃんがここで見たこととは関わりなく、旅籠内で神隠しにやられたということですか」

「いや、見たことと関わりはあるのだろう。神隠しは金になるはずだ。女たちをどこかに売り払っているのだろうからな。かどわかしてしまえば、おきみの口も封じられるし、金儲(かねもう)けにもつながる。おきみは小さいが、器量よしだ。高く売れると踏んだのかもしれぬ」

伝兵衛が悔しげに唇を噛(か)む。仁八郎が冷静に疑問を口にした。

「しかし、どうしてここでおきみちゃんに人殺しを見られたとき、かどわかさなかったのでしょう」

「ほかにすることがあったのだな」

俊介は明快に答えた。

「死骸の始末だ。どこかに埋めたか、近くの川にでも投げ込んだか」

なるほど、と仁八郎が相槌(あいづち)を打つ。

「となると、賊は一人ということですか」

「ここで誰かを殺したのは、一人だったということだな。しかし、神隠しという名の下でかどわかしを行っているのは、一人ではあるまい。大勢の者が関わって女たちをかどわかし、売り払う仕組みをつくっているに相違あるまい」

仁八郎が深くうなずく。

「ところで、ここで殺されたのは誰でしょう」

それか、と俊介はいった。

「俺たちに、頭の行方についてきいてきた者どもがいたな。そのいなくなった頭ではないか」

「ああ、そういうことでございますか」

仁八郎が顎を大きく動かす。

「となれば、頭を捜していた者どもを捜さなければなりませぬな」

「うむ、仁八郎のいう通りではあるが」

俊介は腕組みをし、しばし沈思した。

「あの者どもに話を聞く必要はあるが、おそらくはなにも得られぬ」

「なにゆえでござるか」

伝兵衛が不思議そうにきく。

「あの者どもは、いなくなった頭を当てもなく捜していた。もちろん、頭が殺されたことなど、まだ知らぬであろう。どうして頭がいなくなったか、その理由もわかっておらぬかもしれぬ。かどわかされたことすら、知らぬのではないか。頼りにしていた頭がいなくなり、どうすればよいかわからずひたすらうろたえていた」

俊介は言葉を切り、少し息を入れた。

「生前の頭は手下にさまざまな指示は出していたのだろうが、仕事に関して詳しいことはなにも話していなかったのかもしれぬ。頭にとって手下どもは牛馬でしかなかった。だから、手下たちは頭がいなくなってひどく狼狽(ろうばい)し、捜そうにもどこを捜してよいかわからず、ただ右往左往するしかなかった」

仁八郎がむずかしい顔をつくる。

「ならば、これからどういたしますか」

「いずれあの者どもを捜し出し、話を聞くつもりではいるが、いま最も大事なのはおきみの行方だな。話を聞くにしても、あの者どもがどこにいるのかもわからぬ」

不意に仁八郎が腰を落とし、さっと身構えた。厳しい顔を左手に向ける。

「どうした」

「いま気配がしました」

仁八郎は、五間ばかり先に立つ杉の大木に強い光をたたえた眼差(まなざ)しを注いでいる。

俊介はなにも感じなかったが、仁八郎は常人とはちがう。気配を覚えたのなら、そこには必ずなにかがいる。

俊介は杉の大木を見つめた。伝兵衛も刀に手を置き、にらみつけている。

「出てこい」

仁八郎が声を放つ。

間を置くことなく、大木からゆらりと影が吐き出された。

「そなたは」

照れているのか、目の前に立った男はかすかに笑みを浮かべている。

「弥八ではないか」

弥八が無言で俊介にうなずいてみせる。仁八郎と伝兵衛は目をみはっている。

「ついてきていたのか」

俊介は弥八にただした。弥八が静かに口をひらく。

「仁八郎どのにおまえさんの警固を押しつけておいて、自分だけ知らぬふりはできん」

「うれしいぞ」

俊介は本心からいった。弥八のことを考えたばかりだったから、この思いがけない登場に喜びを隠せない。心強い味方である。

「いつからそこにおったのだ」

伝兵衛がきつい口調できく。弥八が俊介の命を狙ったことを、まだ許していないのかもしれない。

「だいぶ前だ。おまえさんたちの先回りをしたからな」

「わしらが多聞屋を出たのを知って、ここにやってきたのか」

「そうだ。俺は多聞屋の隣を宿にしていた。おまえさんたちが出てゆくのは、耳を澄ませていたらわかった。なにが起きてあわただしく出ていったかは、多聞屋の者に聞いた」

「ならば、おきみをさらった者は見ておらぬのだな」

「残念ながら」

弥八が無念さを隠さずに答えた。

「だが、おきみちゃんの探索の力になれればと思っている。先ほどおまえさんは、頭を捜していた者どもに話を聞く必要があるといったが、俺がその役目をしよう。まずはそこからはじめようと思うが、どうだ」

うむ、と俊介は顎を引いた。

「願ってもないことだ」

「任せても大丈夫でござるか」

「大丈夫だ、伝兵衛。弥八を信頼しろ」

弥八がかすかに笑みを浮かべた。

「では、今からやつらを捜しに行ってくる」

すっときびすを返し、先ほど姿を隠していた杉の大木の陰にひょいと身を入れた。

それきり気配は消えてなくなった。

「忍びとしか思えませぬ」

仁八郎があきれたように首を振る。

「俺にも正体はわからぬのだ。とにかく、心強い味方を得たのは確かだな」

伝兵衛が頬をふくらませ、おもしろくなさそうな顔をしている。

「伝兵衛、なんだ、その幼子のような顔は。弥八を許してやれ。襲われた俺が気にしておらぬのだぞ」

「しかし、あの者は俊介どのに対する口のきき方もなっておりませぬし、それがしは信用できかねもうす」

「弥八は、二度と俺を襲いはせぬ。伝兵衛、度量を見せよ」

伝兵衛は渋い表情をしていたが、決意したように深くうなずいた。

「はっ、承知いたしました」

その返事を聞いた俊介は弥八のことは頭の隅に追いやり、おきみのことを考えはじめた。

かどわかされて、おきみはどこに連れ去られたのか。神隠しに遭うのは女ばかりと聞いたが、かどわかされた者たちは女郎として売られると考えてよいのだろうか――。

「もし女郎とするなら、近くに大きな町が一つあります」

「ふむ、名古屋だな」

俊介は未申（ひつじさる）（南西）の方角を見た。十四里先には御三家筆頭である尾張家の巨大な城がある。

仁八郎が口をひらく。

「名古屋には、それがしに知り合いがおります。きっと力を貸してもらえるのではないかと存じます」

「どんな知り合いだ」

「道場仲間です。その友垣は、それがしがときおり出稽古に行っていた道場の門人でした。年はそれがしより四つ上で、頼りになる人物だと思います」

俊介は静かにうなずいた。

「よし、名古屋に赴くことにしよう。名古屋に行き、その友垣に会えば、神隠しについて新たな話や噂を聞けるかもしれぬ。神隠しの連中の本拠も、名古屋にあるのではないか。俺はそんな気がしてならぬ」

俊介たちは下街道を名古屋に向け、早足に進みはじめた。

三

歩を運びながら俊介は仁八郎にたずねた。

「名古屋は柳生新陰流の本拠地だが、その友垣は柳生新陰流は修めておらぬのか」

「いえ、もともと達人といってよいほどの腕前です」

「それが、別の流派を学びに江戸へとやってきたのか」

「さようです。江戸において勢いの盛んな流派によく出入りしていました。他流の長所を取り入れることで、柳生新陰流をさらに深められれば、と考えていたようです。門人として出入りしていた他流の道場は、全部合わせれば、十近くになるのではないでしょうか」

「ほう、そいつはすごい。なんとも熱心なことよな」

「はい、夜もろくに寝ずに剣のことをひたすら討究（とうきゅう）していました。あの顔にまた会える。おきみちゃんのことは心配でならぬのですが、それでも懐かしくてなりませぬ」

　実のところ、俊介もおきみのことが気になって仕方ない。むろん、伝兵衛も同じ気持ちだろうが、二人がそばにいるおかげで、ひたすら足を急がせるだけの道行きの単調さを和らげることができる。手を合わせたくなるほどである。一人で江戸を出ずによかったと、心から思う。

　俊介たちは、いったん釜戸宿の多聞屋に寄った。案の定というべきか、おきみは戻っていなかった。多聞屋の者に礼をいい、手早くまとめた荷物を担いで俊介たちは再び下街道を歩きはじめた。

　土岐（とき）宿を経て、高山（たかやま）宿で一泊。池田（いけだ）宿、内津（うつつ）宿、坂下（さかした）宿と下街道の宿場を次々に通り過ぎ、九里ばかりの道のりを踏破して名古屋に到着したのは、すでに日暮れが近い頃だった。

　さすがに名古屋は都邑(とゆう)である。家並みが見渡す限り続き、大勢の者が道を行きかっている。その光景を見る限り、江戸とほとんど変わりはない。名古屋という町の底力を感じる。名古屋の者は地声が大きいのか、怒鳴るようにしゃべり合っていた。景気がよいのか、ほとんどの者が笑みを浮かべていた。

　俊介たちはまず旅籠選びからはじめた。いつもと同じく、他の客と相部屋にならないところを今宵の宿とした。

　宿は知多(ちた)屋といった。荷物を宿の者に預かってもらい、俊介たちは身軽になって町へ飛び出した。

「仁八郎、友垣はどこに住んでいる」

　巨大な城が北側に見えている。天守の金のしゃちほこが夕日を浴びて輝いていた。さすがに見とれるほどきれいなものだ。

「あのお城の近くです。それがしはもちろん名古屋は初めてですが、いろいろと町のことについては聞かされましたので、迷うことなく案内できると思います」

「そうか。それは頼もしいな」

　俊介たちは、仁八郎の先導で城に向かって歩きはじめた。

　次に仁八郎が足を止めたのは、名古屋城を東に見る場所だった。俊介たちは城の西側にやってきていた。小禄（しょうろく）とおぼしき武家屋敷がかたまっているが、町屋もちらほらと散見される。あたりはすっかり暗くなり、提灯を手に行きかう人影は数えるほどになっていた。

「このあたりは浅間町（せんげんちょう）というはずです。浅間神社（せんげんじんじゃ）らしい社は見当たりませぬが、道場はこの建物でしょう」

仁八郎が指さす。思っていたほど大きな道場ではないが、貫禄があるというのか、建物から威風らしいものがにじみ出ていた。このあたりはさすがに柳生新陰流の本拠にある道場といってよいのだろう。

すでに稽古は終わっているのか、道場から人の気配や物音は聞こえてこない。

「誰もいないのかな。いや、いるな」

戸口に立って仁八郎がつぶやく。伝兵衛も神経を集中している顔つきだが、人がいるかどうかはわからないようだ。

仁八郎が訪（おとな）いを入れると、応えがあった。戸口の板戸がきしむ音を立ててあき、若い男が顔を見せた。年は二十歳をいくつか過ぎたくらいか。彫りの深い聡明（そうめい）そうな顔立ちをしている。

「おっ、井戸田（いとだ）どの」

呼ばれた男が仁八郎を見て、大きく目を見ひらいた。

「仁八郎ではないか」

あわてたように戸口を出てきた。間近まで近づいて、頭からつま先まで、仁八郎をじっと見る。

「仁八郎、変わっておらぬな。最後に会ったのは俺が江戸を発った一年半前か。ふむ、背はあまり伸びておらぬな。だが仁八郎、おぬし、なにゆえ名古屋にいる」

「ちょっとありまして」

井戸田という男が俊介と伝兵衛に遠慮がちな目を送る。すかさず仁八郎が俊介たちを紹介した。

「こちらの若い方が俊介どの、ちょっと年のいった方が伝兵衛どのです。名字に関しては勘弁してください」

「ほう、名字をいえぬとは、なにかいわくがあるのだな」

「井戸田どの、それは聞かんでくだされ」

「わかっている。野暮はいわぬ」

一歩前に進み出て、礼儀正しく頭を下げてきた。

「それがしは井戸田保之助（やすのすけ）と申します。どうか、お見知りおきくだされ」

俊介と伝兵衛も、ていねいに名乗り返した。

「それで仁八郎、いきなりあらわれたのはどんな理由（わけ）だ。ちょっとあるといったが」

「人捜しです」

「誰かな」

「おきみというおなごです」

「そのおなごとはどういう関わりだ。きいてもかまわぬか」

「もちろんです。おきみというおなごは、年は六つです。わけあって、江戸から長崎まで連れてゆく途中でした」

「仁八郎、おぬし、これから長崎まで行くのか。俊介どの、伝兵衛どのもご一緒なさるのですね」

「そういうことにござる」

伝兵衛がうなずいて答えた。

「それにしても、一緒に来た六歳の女の子が、なにゆえいなくなってしまったのだ」

保之助が仁八郎にたずねる。

「神隠しではないかと思うのです」

「神隠しだって」

保之助が目を大きく見ひらく。

「なんでもここ最近、中山道沿いでおなごが姿を消すことが頻発しているとそれがしどもは聞いたのです。神隠しといっても、人の仕業であるのはまちがいない。さらわれたおなごは名古屋に運ばれ、売られているのではないかと推量し、足を運んでまいった次第です」

「ここに来たのは、俺に話を聞きたいと考えたのか」

「さよう。それがしには、ほかに知り合いは名古屋にはいないものですから。できれば、こういう用事などではなく、旧交を温める形がよかったのですが」

「気にするな」

保之助が笑顔になり、仁八郎の肩を叩く。

「仁八郎、頼ってくれてうれしいぞ。すまぬが、ちと待っていてくれるか。今日の稽古はもう終わってな、ちょうど道場の戸締まりと仕上げの掃除をしていたのだ。今日は俺が当番なのだ。なに、もう終わるところだ。さほど待たせぬ」

軽く頭を下げて保之助がなかに引っ込んだ。

「明るい人だな」

俊介は仁八郎に笑いかけた。

「確かに相当の腕だな」

「おわかりになりますか」

「うむ、わかる。それでも、少しだけ仁八郎のほうが上のような気がするが、ちがうか」

仁八郎が苦笑する。

「さて、どうでしょうか。江戸の稽古では、それがしのほうがやや優勢だったのは確かですが、あれから井戸田どのも上達したでしょう。前にも申し上げましたが、もともと素質はすばらしいものがあり、達人と呼べる腕前にございます」

保之助が出てきた。戸口に錠を下ろす。

「この道場は、夜間は無人なのですか」

「ふだんは道場主が住んでおられるのだが、ちょっと所用で上方へ出かけていらっしゃる。それで、自分たちが鍵を預かり、道場主がご不在のあいだ、道場を守っている」

「井戸田どのは高弟にもかかわらず、掃除をされているのでござるな」

感心したように伝兵衛がきいた。

「やらずともよいといわれますが、それがしは若輩者ですから。それに、掃除をすると気分がよいもので、それがし、やめることができぬのでござるよ」

「それはまた感心なお心がけだ。剣以外の日々をいかに過ごすか、それで上達が決まるともいいますからな」

「はい、おっしゃる通りです。しっかりとした暮らしこそが、剣の上達を支える第一のものでござろう」

静かに歩きはじめた保之助が俊介たちを見つめる。

「腹のほうはいかがですか、空いておりませぬか」

「少し空いております」

俊介は答えた。保之助がうなずく。

「名古屋といえば、なんといってもきしめんでござる。おきみというおなごのことは心配でござろうが、まずはきしめんを召し上がって力をつけていってくだされ」

足をとめた保之助が暖簾(のれん)を払った店は、江戸なら蕎麦屋になりそうな構えだった。建物自体は古いが、掃除は行き届いており、鰹節(かつおぶし)のにおいが店全体に染みついていた。

俊介たちは二階に通された。そこは八畳間になっており、ほかに客はいなかった。

保之助が、茶を持ってきた小女にきしめんを四つ頼んだ。小女は人数分の茶を置いて、階段を降りていった。

保之助が畳に正座し、俊介たちを見る。

「味がよい割に、どうしてか夜はあまり客の入らぬ店で、きしめんを肴(さかな)にゆっくりと酒を飲むには格好の店でござる」

「ほう、きしめんを肴にでござるか」

伝兵衛が驚きの声を上げる。

「もっとも、江戸でも蕎麦切りと一緒に酒を飲みますからな、不思議ではありませぬな」

仁八郎が保之助に顔を近づけた。

「食べる前にきいておきます。井戸田どの、神隠しの噂を耳にしたことはありませぬか」

保之助が額にしわをつくって考え込む。

「いや、聞いたことはないな」

「さようでござるか」

「明日、道場の者にきいてみよう。噂に疎い俺よりずっとさまざまな風評に詳しい者はいくらでもおるゆえ」

「よろしくお願いします」

仁八郎が頭を下げる。俊介も仁八郎にならった。伝兵衛も深くこうべを垂れた。

きしめんが運ばれてきた。

俊介たちはさっそく箸を使った。きしめんは平たいうどんといってよいものだが、喉越しがうどんよりずっとよい。つゆは濃いめで、かまぼこのほかに鰹節がたっぷりのっていた。

「実にうまかった」

おきみのことが案じられて、正直、味がわかるかどうか心許ないものがあったが、江戸のものよりも濃いつゆの前には、そんな心配などいらなかった。

俊介は満足して箸を置いた。仁八郎も伝兵衛も満ち足りた顔をしている。

俊介はつぶやいた。

「それにしても、どうしてきしめんというのでござろう」

保之助が苦笑してみせる。

「実は名古屋の者も、どうしてこのような名になったのか、本当のことを知る者は一人もいないようでござる」

「どういうことですか」

仁八郎がたずねる。

「紀州からもたらされた紀州麵が、のちになまってきしめんになったともいいますし、雉(きじ)を具としてのせた雉麵が、きしめんになったともいいます。ほかにも説があるらしいのですが、どれも決め手に欠けるといったところでございましょう」

「そういうことにござるか」

伝兵衛が感心したような声を出す。

「語源がわかっておらぬなど、逆に歴史の古さを感じさせますな」

「そうおっしゃっていただけると、それがしもうれしく思います」

保之助が仁八郎を見やる。

「ときに仁八郎、今宵の宿はどうするつもりだ。もう取ってあるのか」

「ええ、旅籠を取りました」

「そうか。取っていなければうちに泊まってもらってもよかったのだが、なにぶん、やもめ暮らしも同然だ。茶すらも出せぬ」

「お母上はいかがされたのです」

「去年、亡くなった」

「えっ、さようでしたか」

「無役の貧乏侍ゆえ、なかなか嫁の来手もない。剣をがんばればなんとかなるかと思って励んではいるが、この太平の世では、剣も出世の糸口にはならぬな」

保之助が自らの額をぺしんと叩いた。

「繰り言を申しました。忘れてくだされ」

きしめんの代金は、保之助が払った。俊介は自分たちが出すといったが、お客人ですから、と保之助は譲らなかった。

屋敷に戻るという保之助と、きしめん屋の前で別れ、俊介たちは旅籠に戻った。預けておいた荷物を受け取り、部屋に落ち着く。六畳間だが、三人なら十分な広さである。おきみがいない分、余計に広く感じた。

「お役に立てず、申し訳ありません」

いきなり仁八郎が畳に手をついて謝ったから、俊介は驚いた。声を殺して諭(さと)す。

「井戸田どのが、なにも知らなかったことを謝っているのか。仁八郎、そのようなことを気にする必要はないぞ。探索において、空振りというのは当たり前のことだという。明日がんばればよいのだ。仁八郎、今のような言葉は二度と口にするな。わかったか」

仁八郎が頭を下げた。

「承知いたしました」

「それでよい」

俊介は伝兵衛がいれた茶を喫した。苦くて驚いたが、なにごともない顔で飲み続けた。

「これは、に、苦い」

伝兵衛が一口飲んで尻を浮かせた。吐き出したいような顔をしている。

「俊介どのはよく平気でござるな」

「家臣のへまを、いちいち騒ぎ立てるわけにはいかぬ。伝兵衛なら咎(とが)めても蛙(かえる)の面(つら)に小便だろうが、ほかの者なら切腹しかねぬ」

「おう、見事なお考えにござる」

伝兵衛が感服の表情になった。

「なに、父上の受け売りに過ぎぬ。幼い頃、とくと言い聞かされた言葉ゆえ、よく覚えておるのだ」

「お父上のお言葉とはいえ、立派なお心がけでございます。俊介どののご家臣は、まこと幸せにございますな」

仁八郎が心からうらやましそうにいう。

「仁八郎も真田の家臣になりたいか」

にこりとして伝兵衛が問う。

「むろんのことにございます」

伝兵衛がにまっと相好(そうごう)を崩した。

「このたびの仇討(あだうち)旅で俊介どのが本懐を遂げれば、なれるかもしれぬぞ。俊介どのは情け深いお方ゆえ、仁八郎に対する恩は決して忘れられぬ。今もきっとどうすべきか、考えておられるはずじゃ」

「もちろん恩返しは考えている。だが、どういう形にすべきかは、これからだ。仁八郎、答えが出るまで待っていてくれ」

「俊介どのに褒美をいただけるなど、それがし、うれしゅうてたまりませぬ」

仁八郎が畳に両手をそろえた。

「そんな大仰(おおぎょう)なことをするでない。仁八郎、早う顔を上げよ」

それから、俊介たちは風呂に入った。断ったわけではないから、そのあとに食事も用意された。

きしめんだけでは、やはり長旅をしてきた身には足りなかったから、俊介たちは食事をありがたくいただいた。

満腹になり、これで明日からのおきみ捜しにすべての力を注ぎ込める態勢がととのった、と俊介は確信した。

四

——殺れるか。

——殺れる。

答えはそれしかない。

殺れる。高本百太夫はもう一度つぶやき、顎を大きく上下させた。

主家の若殿だからといって、殺すのに遠慮などいらない。ためらいもない。

とにかく、出世したくてならないのだ。もっとよい暮らしがしたい。貧乏に支配されるのは、もうこりごりだ。

真田俊介さえ殺せば、今の暮らしを抜けられる。この話を百太夫のもとに持ってきたのは、国家老の大岡勘解由である。

肥(こえ)くさい屋敷に、お忍びで勘解由が訪ねてきたときには、百太夫もさすがに驚きを隠せなかった。玄関と呼ぶのもおこがましい狭い戸口に立った勘解由が低い声で名を告げたが、百太夫は信じなかった。

信じられるはずもなかった。国家老が小普請組の組屋敷に姿を見せるわけがないのだ。頭巾(ずきん)をかぶって顔をすっぽりと隠していたから、余計、誰かのいたずらだと断じた。

だが、目の前に立っていたのは本物だった。

半信半疑ながらも、一応、座敷に通した。屋敷のなかで、唯一そこだけが畳の敷いてある部屋である。

向かい合って座り、いきなり勘解由が切り出した用件を耳にして、百太夫は斬られたような衝撃を受けたが、すぐさま、これ以上ない大きな機会が舞い込んできたと覚(さと)った。長いこと夢見ていた、貧乏暮らしを抜け出せるときが、ついにやってきたのである。

若殿の俊介は聡明で、名君の資質があると家臣のあいだで評判だが、所詮(しょせん)、父の幸貫と大差あるまい。

幸貫がこの俺になにかしてくれたか。

答えは否である。

幸貫も名君といわれているが、高本家の曽祖父の代からの貧乏暮らしは、まったく変わることはなかったのだ。幸貫の跡を俊介が継いだとしても、やはりなにかが変わることなどあり得ない。

いくら名君になり得る資質があるといっても、池の底の最もよどんだところを棲みかとする小魚に、目が届くわけがないのである。

今のこの高本家の状況を変えるには、自分自身でやり遂げるしかあり得ない。俊介を殺すことで出世ができるのなら喜んでやる。

勘解由は、百太夫が俊介を亡き者にした暁には、真田家の剣術指南役に据えるといった。この俺が指南役になる。なんとすばらしいことだろうか。

今の指南役も遣えるし、どこに出しても恥ずかしくない腕前は誇っているが、残念ながらこの俺の敵ではない。

指南役とは以前、同じ道場にいたことがある。そのとき一度、竹刀をまじえたことがあるが、さんざんに叩きのめしてやった。以後、あの男は勝負を挑んでこなくなった。

今はそんな男が指南役を務めているのである。ただ、家柄がよいという理由だけでだ。俺のほうが、よりふさわしいに決まっているではないか。

問題は、俊介を殺したあと、本当に約束が守られるかどうかである。もし守られないのであれば殺すだけだが、高本百太夫という男がそういう覚悟でいることは、勘解由は百も承知のはずである。指南役に据えるといっておいて、騙すようなあからさまな真似はしないのではないか。

似鳥幹之丞という男も気にかかる。あの男も相当、剣はできる。昔、似鳥という名の剣術指南役が家中におり、いざこざを起こしていなくなったと聞いたが、幹之丞はその縁者だろうか。とにかく、真田家と因縁がある者にちがいあるまい。

勘解由は幹之丞を使って、この俺の口封じを狙っているのかもしれぬ。だが、もし本当にそんな考えを秘めているのであれば、勘解由に思い知らせてやらねばならぬ。

俺が幹之丞を倒してみせるのだ。幹之丞はすごい遣い手だが、こちらは失うものはなにもない。ただ命を失うだけのことだ。今のような暮らしからおさらばできるのなら、死ぬのだって悪くないように思える。

幹之丞を葬り去れば、勘解由も考え直し、この俺を指南役につけるだろう。俊介がいなくなれば、孫の力之介が真田家の跡取りとなる。あの男は力之介が真田家の当主となるところを目の当たりにしたいだろう。俺とちがって命は惜しいはずだ。

俊介を殺すに当たり、一番大きな障壁となるのは、皆川仁八郎である。幹之丞によれば、俊介が通っている道場の師範代とのことだ。

なんとかしてあの男を除かなければ、俊介殺しはうまくいかない。それは、はっきりしている。

だが、仁八郎は恐ろしいまでの遣い手である。幹之丞には大口を叩いてみせたが、まともにやって、勝てる自信を百太夫は持つことができない。

どうすれば、あの男をこの世から排することができるか。

いや、殺さずともいいのかもしれない。俊介から引きはがせればよいのだ。

光明が見えたような気がした。

いかにして仁八郎を俊介から遠ざけるか。

その策を思いつけば、必ず俊介を亡き者にできよう。

百太夫はにんまりとした。これで指南役は俺のものだ。

静寂を突き破って、読経の声が聞こえてきた。世話になっているこの寺の住職が、夕方の勤行をはじめたのである。

初めて会ったとき、一目で生臭坊主だと百太夫は見抜いたが、朝と夕の勤行だけはなぜか欠かさない。勤行が、僧侶としての矜持を守る最後の砦と思っているのかもしれない。

この寺に転がり込んだのは幹之丞の紹介である。しばらくここで英気を養っておれ、といわれたのだ。

与えられているのは、離れである。四畳半が一間しかないが、狭さは感じない。畳にごろりと横になった。生臭の割に、いい喉をしている。伸びやかな旋律が心地よい。

百太夫は目を閉じた。この経を聞きながら策を考えれば、あるいは仏の加護があるかもしれない。

この俺が必要になれば、幹之丞が呼びに来ることになっている。

その前に、きっといい策が浮かぶにちがいあるまい。もっとも、策まで考えずともよいのか。すべてのお膳立ては、幹之丞がするはずなのだ。

五

名古屋の町奉行所は、俊介たちが泊まった旅籠の知多屋からほど近いところにあった。ここも城の南側である。

「なんと、目と鼻の先ではないか」

伝兵衛が目を丸くしていう。

「それなのに、昨日は気づかなんだ」

「仕方あるまい。昨日は暗かったからな」

俊介は長屋門を堂々とくぐった。伝兵衛と仁八郎がうしろに続く。二人の門衛がいたが、なにもいわずに俊介たちを見送った。

石畳の先に、奉行所のいかめしい建物がある。玄関に入り、訪いを入れようとしたが、その前に廊下にいた小者らしい若い男が俊介たちに気づき、近寄ってきた。式台に降り、正座する。

「なにかご用でございますか」

「町廻りの同心に会いたい」

俊介は明朗な口調で告げた。

「町廻りのお方なら、どなたでもよろしいのですか」

「できれば、話のわかる者がよいな」

「承知いたしました。して、どのようなご用でございましょう」

「人捜しだ」

「人捜し。行方知れずということでございますか。どなたが行方知れずに」

「大事な娘がかどわかされたのだ」

「かどわかしでございますか」

さすがに小者の顔色が変わる。

「あの、お侍のお名をうかがってもよろしゅうございますか」

「俺は俊介と申す。この二人は供の者」

「名字のほうは」

「それは秘密だ」

俊介はまじめな顔を崩さずに答えた。

「はあ、さようにございますか」

名字を口にしない武家など初めてだったらしく、小者は目をみはっていたが、気を取り直したように奥へと去った。

さほど待たされることなく、一人の同心らしい侍を連れて戻ってきた。侍は江戸と同じく、黒羽織を着ている。尾張名古屋といっても徳川家であることに変わりはないのだから、当然のことかもしれない。

俊介は相手の目をまっすぐ見て、会釈した。伝兵衛と仁八郎も俊介にならう。

同心は頭を下げ、すぐに名乗った。

「それがしは、稲熊郷蔵（いなぐまごうぞう）と申します」

年は三十代半ばか。目が澄んでおり、物腰が柔らかい。話がわかるというのも、この態度を見る限り、解せるような気がした。

「俊介と申す。この二人は供の者」

「この吉次（きちじ）に聞きましたが、なにゆえ名字をおっしゃらぬのでござるか」

俊介は軽く笑みを浮かべた。

「秘密でござる」

「なにか障りでも」

郷蔵がきらりと目を光らせる。物腰が柔らかといっても、このあたりはやはり町奉行所の同心らしく、厳しさが垣間見(かいまみ)える。

「障りというほどのものではござらぬ。少し考えがあってのこと。かといって、我らが悪事をはたらいているとか、そういうことではござらぬゆえ、安心してくだされ」

郷蔵という同心は俊介を見つめていたが、体からすっと力を抜いた。俊介の瞳に宿るまっすぐな光を認めたのかもしれない。

「承知いたした。こちらにどうぞ」

俊介たちは、玄関そばの六畳間に招き入れられた。掃除はされているものの、畳はいつ替えられたかわからないような古さで、ところどころすり切れていた。

話を聞くときはいつもこの部屋を使っているらしく、郷蔵が気にしている様子はない。吉次という小者は人数分の茶を持ってきたあと、すぐに出ていった。

「俊介どのの大事な娘御が、かどわかされたとうかがいましたが」

板戸が閉まるのを待っていたかのように、郷蔵が水を向けてきた。

「その通りにござる」

俊介は郷蔵に向けてうなずいた。

「釜戸宿の多聞屋での出来事にござる」

「釜戸宿とはまた遠い」

「町奉行所の管轄外でござろうな」

「正直に申せば」

「それは、それがしも承知しておりもうす。郡奉行所の管轄でござろう」

「その通りにござる」

「管轄外を承知でそれがしが訪ねたのは、神隠しのことについて知りたいからでござる。神隠しと申しても、実際に手を下しているのは人でござろう。おなごをさらって、売り払うのであろう」

「神さまは、おなごの供え物を最も好むのではござらぬか。生け贄は、たいていおなごが選ばれますぞ」

「しかし、神隠しに遭うのがすべておなごというのは、聞いたことがござらぬ」

「確かにそうかもしれませぬ。神隠しでは、男の子もいなくなることがままありますな」

　俊介は深くうなずいた。

「かどわかされたおなごが運ばれるのがここ名古屋ではないかと、それがしどもは勘考しておる。稲熊どのに、かどわかされたおなごが運ばれる先の心当たりがあれば最もよいのだが、そのあたりはいかがであろうか」

眉を曇らせて郷蔵が唇を噛む。

「申し訳ないことでござるが、それがしは聞いたことはござらぬ」

顎をしきりにさすりはじめた。

「かどわかされたおなごが名古屋に運ばれているとしたら、女郎宿や遊郭でござろうな」

「さようでござろう」

「その手の場所に女を入れる者は決まっておりましてな。いわゆる女衒(ぜげん)と呼ばれる者でござる」

郷蔵が気づいたように顎から手を放した。

「その者どもは、神隠しのような真似はしませぬ。金に困っている者や年貢を払えぬ者から若い娘を買い、遊郭などに売りつける。女衒にとって娘は商売ものでござる。町奉行所にも盆暮れの付け届けは欠かさず、正直、我らとのつながりも良好でござる。俊介どの」

「なんでござろう」

「女衒に会われますか」

「はい、是非」

「ならば、まいりましょうか」

郷蔵がすっくと立ち上がる。今から行くのか、と俊介は驚いたが、この動きのよさはとてもありがたいものだ。

俊介たちは郷蔵のあとに続いて部屋を出た。

郷蔵は、横からあらわれた吉次を連れ、町奉行所の門を抜けた。すたすたと軽い足取りで西へ向かってゆく。

足を止めたのは、神社の林がすぐそばまで迫っている一軒家の前である。

「この家に住んでいるのは銀吉といいましてな、名古屋あたりの女衒たちを束ねる男でござるよ」

郷蔵は枝折戸をあけて庭に入り、日当たりのよい縁のついている部屋に向かって声をかけた。

「銀吉、いるか」

「おりますよ。その声は熊の旦那ですね」

からりと腰高障子があき、目つきの悪い年寄りが顔を見せた。顎が張り、頬が丸く、鼻は埋もれたように小さい。細い目には、粘りけのある油を燃やしたような暗い灯が宿っている。耳たぶがやたら大きく、まるで布袋さまのようだ。医者のような坊主頭は、陽射(ひざ)しを浴びて光沢を帯びていた。

「そちらの方々は」

縁に正座した銀吉が郷蔵に紹介を求める。

「俊介どのと供のお二人だ」

「俊介さまの名字は」

「それが教えていただけぬのだ」

「なにかわけでもおありなのですか」

しわがれた声で銀吉が俊介にたずねる。俊介は小さく首を振った。

「深い意味はない」

銀吉が俊介をじっと見る。ねっとりべとつくような眼差しで、俊介は背中のあたりがむずがゆくなった。

「身分を隠されているのですかな」

「その通りだ。さすがだな」

俊介は明るい口調で認めた。

「浪人のごとき旅姿をしているが、実を申せば、俺はさる大名家の跡取りなのだ」

「ええっ」

声を発したのは、郷蔵である。まじまじと俊介を見る。

「まことでござるか」

「まことだ」

俊介はにっこりと笑った。くっくっくっと籠もった笑い声が聞こえ、そちらに顔を向けた。

銀吉が細い目をさらに細めていた。笑うと、瞳の粘りつくような光が消え失せることに俊介は気づいた。

「おもしろいお方だ。お大名の跡取りは常に江戸にいらっしゃらなければなりません。公儀に露見したら、ことですからな。改易も考えられます。しかも、中津川の遠山さまのような小さなお大名でも、若殿のお供がたった二人などあり得ません」

銀吉が冗談と取ったことがわかり、俊介は心中で息をついた。伝兵衛と仁八郎も顔にこそ出さないが、安堵しているようだ。

「して、そのお大名の若殿がどのようなご用件でございますかな。ああ、こちらにおかけください」

自分の座る縁側を示す。俊介はそれに甘えた。郷蔵が俊介の隣に腰かけた。伝兵衛と仁八郎の二人は立ったままである。

俊介は、年がいくつなのかさっぱりつかめない男を見つめた。

「神隠しについて聞きたいのだ。俺の大事な娘がかどわかされたゆえ。そなたは女衒だそうだが、おなごばかりが消える神隠しの話を聞いておらぬか」

銀吉が顔を曇らせる。

「聞いております。中山道沿いの村々をまわると、必ずその話が出てまいりますので。いなくなったのは大事な娘とおっしゃいましたが、俊介さまの実のお子でございますか」

「血はつながっておらぬ。名をおきみというが、大事な娘であることに変わりはない。俺は、かどわかされたおなごが連れていかれる場所を知りたい。そこにおきみもいると思えるからだ。おきみは器量よしだ。幼い頃から見込まれて、いろいろと仕込まれる者もいるのだろう。遊郭や女郎宿のことなら、そなたが事情をよく知っているのではないかと思うてな」

銀吉が考え込む。やがて、目を上げて俊介を見た。

「手前どもは、女郎宿などに娘を卸すという商売をしておりますが、おなごをかどわかすような阿漕な真似は決していたしません。同業の者も、むろん同じでございます」

うむ、と俊介はうなずいた。

「得意先の遊郭や女郎宿が、もし手前ども以外の手づるを使って娘を入れたとしたら、すぐにそのことは手前の耳に入るようになっています。そんなことを許したら、手前どもはおまんまの食い上げになってしまいますからな。しかし、今のところ、そういう話は手前の耳には入ってきておりません」

福耳を人さし指で弾く。

「つまり、神隠しと称しておなごをかどわかしている者どもは、名古屋の遊郭や女郎宿に娘を入れておらぬのだな」

「さようにございましょう。尾張さまから公許を受けているところばかりでなく、岡場所と呼ばれ、お許しを得ていないところも合わせてでございます」

「だとしたら、どこに娘たちを連れていっているのだろう」

「名古屋外でございましょう」

「名古屋の外か。まさか江戸ではあるまいな」

そのとき、十になるかならずかの若い娘が茶を持ってきた。しっかりと化粧をしており、それがまた異様なほどに似合っていた。そこいらの町娘では太刀打ちできないような色気を身にまとっている。

「すまないね、そこに置きなさい」

銀吉が猫なで声を出す。娘は縁側に全部で五つの湯飲みを手際よく置いた。ぺこりと辞儀をして奥に姿を消した。

「どうぞ、召し上がってください」

銀吉にいわれ、俊介たちは遠慮なく茶を喫した。口のなかがすがすがしくなるほど上等の茶だったが、安く買われた女たちの体で購(あがな)われたものだと考えた途端、飲む気が失せた。

銀吉が俊介を見つめている。

「お口に合わなかったようですね。女たちがどこに連れていかれるか。江戸ということも確かに考えられます。しかし、手前にはちがうような気がいたします。――俊介さま」

呼びかけてきた。

「戦国の昔、人取りというものが行われていたことはご存じですか」

「うむ、聞いたことはある。他国に攻め入った軍勢がそこの百姓や町人を奴隷として連れ去ることだな」

「百姓衆や町人だけでなく、戦で捕らえられた武士、雑兵(ぞうひょう)なども奴隷にされたのですよ」

「そうであったか。それで」

俊介は待ちきれずうながした。

「連れ去られた側の領主が金で買い戻すというようなことが頻繁になされ、また川の中州に市が立ち、そういうところで盛んに奴隷の売買が行われました」

銀吉が湯飲みを取り上げ、唇を湿らせた。

「市場で買い取られた奴隷のなかには、大船で異国に連れていかれた者がおります。九州がその窓口で、おびただしい日本人が異国に売り飛ばされました。奴隷を買い取った異国のほとんどが、南蛮のキリシタンの国々でございました。大勢の日本人奴隷が海の外に連れていかれているとの事実を知って激怒した豊臣秀吉公が、キリシタンを禁じたのは当然の流れでございましょう」

そこまで聞いて、俊介は眉をひそめた。

「まさか、女たちが南蛮の国に売られているというのではないだろうな」

「そのまさかでございますよ。キリシタンではないとは思いますが」

「それは、名古屋の湊(みなと)から異国に運ばれているということか」

「十分に考えられましょう。日本の女は異国の者に好まれるそうでございます」

「相手は南蛮の国か、それとも清国(しんこく)か」

銀吉が申し訳なさそうにする。

「手前にはわかりかねます」

「うむ、そうであろうな。あまりに畑がちがいすぎるか」

意外な話の成り行きに、郷蔵はひたすら驚いている様子だ。まさかこんな話を聞かされるとは、思っていなかった顔である。

「銀吉」

俊介は厳かな口調で呼びかけた。

「とてもありがたかった。この恩はいつか必ず返す。これから湊に行って、大事な娘を取り返してくる」

俊介は腰を上げた。庭を足早に歩き出す。

「あの、もし」

背中に声がかかる。俊介は足を止めた。銀吉がじっと見ているが、瞳に畏敬の色があるように感じられた。

「あの、俊介さまがお大名の跡取りであらせられるのは、まことのことなのではございませんか」

俊介はにこりとした。

「ああ、本当のことだ。そなた、信じておらなんだのか」

「ああ、はい。申し訳ありません。冗談だと思っておりました」

「仕方あるまい。俺もそういうふうに取ってもらうことを期待して申したからな」

「あの、俊介さまは、どちらのお大名でございますか。――ああ、それはお口にできないのでございましたな」

その通りだ、と俊介は白い歯をのぞかせた。

「だが、そなたは、もったいをつけることなく、こころよくいろいろと教えてくれた。その礼に、そなたにだけは正体を明かそう」

　俊介は銀吉に歩み寄り、顔を近づけて福耳にささやきかけた。

「ええっ、まことにございますか」

　銀吉が仰天し、俊介をまじまじと見る。

「ああ、俺は嘘はつかぬ」

「さ、さようにございましたか」

　ため息をついて銀吉が何度も首を振った。すっかり納得したような顔をしている。

「あの、若殿はどうして名古屋にいらっしゃるのでございますか。公儀のお許しを得られ、江戸からおいでになったのでございますか」

「いや、許しは得ておらぬ。ゆえに、このことが露見したらまずいことになる。銀吉、黙っていてくれよ」

「はい、もちろんでございます。それがしの口はさざえ並みに堅いと評判でございます。しかし、俊介さま。どうしてそのような危ない橋を渡られるのでございますか」

「仇討だ」

　銀吉が目を丸くする。

「では、俊介さまのお父上か兄君が討たれたのでございますか」

仇討というのは、法度（はっと）としては弟や妻子などは認められず、両親や兄といった目上の者に限って認められる。弟の仇を兄が討つということはわずかながらも例があるが、家臣のためにあるじが仇討をするというのは考えられないことだ。前代未聞といってよい。

「友垣をこの者に殺された」

俊介は懐から人相書を取り出した。

「似鳥幹之丞という。この男が仇だ」

銀吉が人相書を手に取り、真剣な目を注ぐ。むう、とうなる。

「手前のような悪相をしておりますね」

「銀吉は悪相ではないぞ」

「俊介さまにお褒めいただくと、うれしゅうございますな。この似鳥という者ですが、いま名古屋にいるのでございますか」

「わからぬ。いない公算のほうが大きいな」

「この人相書はいただけますか。たくさん刷って、同業の者に回そうと思います」

「ありがたい。もし似鳥を見かけた者があれば、知らせてくれ。俺たちはおきみが見つかるまで知多屋という旅籠におる」

「知多屋でございますな。必ずお伝えいたします」

「あの、それがしには俊介さまのご身分を教えていただけぬのですか」

横から郷蔵がうらやましそうにいう。さっきまでは俊介どのと呼んでいたのが『さま』に変わっている。

「無事におきみを取り戻し、名古屋をあとにするとき、そなたにも明かそう。そなたの口が堅いのはわかっておるが、それまで待ってくれぬか」

「はっ、承知いたしました」

威に打たれたように郷蔵がこうべを垂れる。

「すまぬな」

「いえ、とんでもないことにございます」

俊介は銀吉に向き直った。

「では、これでな」

「これでお別れとは名残惜しゅうございます」

銀吉は目を潤ませているように見える。

「手前がもっと若かったら、ご一緒できますものを」

「またきっと会える。銀吉、それまで長生きしてくれ」

「承知いたしました。できるだけがんばることにいたしましょう」

ではな、と手を挙げて俊介は体をひるがえした。枝折戸を出て、通りに足を踏み出す。伝兵衛と仁八郎がうしろに続いたが、すぐに仁八郎が露払いをするように俊介の前に出た。

俊介は、自分が鉄砲で狙われている身であるのを思い出した。命に関わることなのに忘れてしまうなどどうかしていると思うが、なにしろおきみのことで頭が一杯である。

今も鉄砲の先目当のなかに自分の姿を入れている者がいるかもしれぬと思うと、背中がひやりとするが、玉など当たりはせぬと俊介は昂然（こうぜん）と胸を張った。

戦国の昔、真田家の主家だった甲斐（かい）の武田家が織田信長、徳川家康勢と三河（みかわ）の長篠（ながしの）でぶつかったとき、この戦に出陣した真田信綱（のぶつな）、昌輝（まさてる）という兄弟も玉など当たらぬ、よけてゆくと考えていたのかもしれない。結局この二人は織田信長が用意した三千挺（ちょう）ともいわれる鉄砲の前に散ったが、それも仕方なかろう。

対して、自分を狙っているのはただの一人である。相当の腕を誇っているのであろうが、この俺を撃ち殺すことなどできぬ。鉄砲に狙われているからといって、こそこそと動くのもいやだ。それならば、鉄砲に狙われていることなど、忘れているほうがずっとよい。

郷蔵が控えめに肩を並べてきた。うしろに小者の吉次がつく。吉次は銀吉の家の外で待っていたのである。

「いやあ、それにしてもまいりましたな」

郷蔵が鬢をかいていった。

「俺の身分のことか」

「さようです。早く知りたいのは山々でございますが、これまでご無礼をつかまつり、まことに申し訳なく思っております」

「無礼なことなどしておらぬ。そなたは実に気持ちのよい男だ」

郷蔵が立ち止まり、小腰をかがめる。

「畏れ入ります」

俊介も歩みを止めた。

「稲熊どの、ここまででよい」

「いえ、湊までお連れいたします」

「いや、よい。そなたは町廻りの同心だ。名古屋を離れては、さすがにまずいだろう。江戸でも定廻りが町を離れることは禁じられている。名古屋も同じであろう」

はあ、と郷蔵がいった。

「承知いたしました。これより勤めに戻ることにいたします。──あの、俊介さま」

「なにかな」

「それがしのことは呼び捨てにしてくだされ」

「そなたは尾張家の家臣だ。呼び捨てにするわけにはいかぬ」

「そこを曲げてお願いいたします」

俊介は苦笑した。

「うむ、わかった。我らだけのときは、呼び捨てにすることにいたそう」

「ありがたきお言葉」

郷蔵が深く頭を下げた。

六

名古屋で湊といえば、名高い神宮がある熱田湊である。

熱田は、東海道で四十一番目の宿場として知られ、宮宿と呼ばれることも少なくない。

この地には七里の渡しという、伊勢の桑名と海上で結ばれた船着場がある。湊のそばにはずらりと旅籠が軒を連ね、土産物屋や茶店も数多い。熱田神宮に参詣する者もあとを絶たず、界隈は大勢の旅人でにぎわっている。尾張家が熱田にやってくる大名などの賓客を供応するために造営した西浜御殿と東浜御殿もあるほどだ。西浜御殿は陸にあるが、東浜御殿は四方を海に囲まれ、橋で往き来する出島として築かれている。

以前は、桑名に向けていつでも渡し場から船が出ていたが、慶安の昔に起きた由比正雪の事件以後、昼の七つ以降は出船が禁じられたという。これは、夜間に湊を出られては船番所の目が行き届かず、不逞の輩の通行を許しかねないためであろう。熱田奉行が船奉行を兼任し、船番所の役人が旅人に目を光らせている。そのものものしさは、関所と変わらない厳しさともいわれている。

桑名行きの渡し船の代は、五十四文とも六十八文ともいう。ただし、この代だけでは船内で横になることはできず、ぎゅうぎゅう詰めのなか、座ったままである。風向きや伊勢湾の潮の具合によって異なるらしいが、船はだいたい二刻で桑名に着くようだ。その間、ずっと座ったままでいるのは、さぞきついにちがいない。

胴の間に横になるためには筵を買い求めなければならないが、それは三百三十八文もするらしい。江戸の棟割長屋のひと月の家賃が五百文程度であることを考えると、恐ろしいまでの高価さである。

佐屋から木曽川を桑名に下る三里の渡し以外、他に航路がなく、船同士の競りもないために、なんでもありなのだ。

船頭や水夫たちも、客を客と思っていないありさまだと聞く。七里の渡しの評判が旅人たちのあいだではなはだ悪いのも、当然だろう。程度の問題はあるにせよ、やはり商売敵がいたほうが客にとってはありがたいのだ。

熱田湊は遠浅である。熱田神宮の鳥居が立ち、その横に船溜(ふなだ)まりとなっている狭い入り江がつくられている。そこに東浜御殿があるのだが、御殿の反対側の岸が桑名行きの渡し場となっており、幾艘(いくそう)もの船がつながれて、湊を出るときを待っている。まだ七つまで少し余裕があり、乗船待ちの大勢の旅人が渡し場の近くにたむろしていた。

俊介は、沖合に目を移した。遠浅の熱田湊だけに大船は陸地には近づけず、碇(いかり)を下ろして沖に停泊している。おびただしい数の船が帆を休めていた。

数えてみたが、影が重なり合っているのを含め、三十艘は優にあるようだ。そのあいだを、あめんぼのように小舟がすいすいと行きかっている。

熱田湊は名古屋という巨大な都邑を控えているだけあって、伊勢や尾張、三河だけでなく、志摩(しま)、遠江(とおとうみ)、駿河(するが)、さらには遠く上総(かずさ)、安房(あわ)からもおびただしい物産が運ばれてくるとのことだ。

あの船のどれかに、おきみは閉じ込められているのだろうか。一刻も早く救い出したくてならない。

よい風とみたのか、帆を掲げて出てゆく船がある。あの船におきみがいたらどうしようと思うが、確かめるすべはない。まさかと思うが、とうの昔におきみを乗せた船が出ていったということはないだろうか。

あるわけがない、と俊介は断じた。あのなかのいずれかにきっとおきみはいる。だが、三十余艘もある船をどうやって調べればよいのか。小舟をつけて、一つ一つ調べてゆくしかないのだろうが、どれくらいのときがかかるだろう。それに、小舟をつけたからといって、こころよく乗せてくれる船ばかりではなかろう。それが悪行をはたらいている証左にはならない。別に阿漕なことをしていなくとも、乗船を拒む船はいくらでもあるにちがいない。

いい案が浮かばぬままに俊介は仁八郎と伝兵衛をともない、船溜まりのかたわらに設けられている船番所に足を運んだ。

船番所の建物はさほど大きなものではないが、まわりは漆喰が塗られた壁で、一見、蔵のような造りである。船溜まりのなかに建物の半分ほどを突き出させ、その下に石垣が組み上げられている。

屋根つきのいかめしい門があり、その前に門衛が二人いた。

「神隠しについて、話を聞きたいのだが」

えっ、と聞きまちがいではなかったかというように、二人の門衛が顔を見合わせる。

「神隠しでございますか」

一人がていねいな言葉遣いで応じた。

「うむ。俺はかどわかされたおなごを捜しているのだが、この湊に停泊している船に押し込められているのではないかと思っている」

「ええっ」

二人の門衛は仰天した。一人が気づいたように番所内に駆け込む。すぐに一人の役人を連れて戻ってきた。

役人は五十代半ばか、眠たそうな目をしており、胡散臭そうに俊介たちを見た。顎を傲然と上げ、いかにも面倒くさそうにいう。

「神隠しといわれたが、それがしはそんな噂は聞いたこともない。なにかのまちがいでありましょう。とっとと帰られたほうがよい。つまらぬことをおっしゃると、身のためになりませぬぞ」

頭に血を上らせた伝兵衛が怒鳴ろうとするのを、俊介は制した。

腹に力を込め、静かな声で告げた。

「よいか、つまらぬことではないのだ」

「それがしの大事な娘がかどわかされたのだ」

見えない手に押されたように、役人がわずかに身を引く。咳払いをし、俊介を見直した。

「それはお気の毒でござる。その大事な娘御があれらの船のいずれかにいると考えられたのか。残念ながら、あり得ませぬ。あれらの船はすべて、不正がないか、我らが厳しくあらためておりもうす。神隠しに遭ったおなごが、閉じ込められているなどという事実は一切ありませぬ」

俊介は振り返った。戸口から、いま湊に静かに入ってきた一艘の船が見えた。すでに帆は下ろされ、水夫(かこ)たちがあわただしい動きを見せている。碇を下ろす支度に追われているようだ。

「あれも調べるのでござるな」

俊介は指さした。

「むろん」

船に一瞥(いちべつ)を投げ、役人が素っ気なく答える。

「いつ調べるのでござるか」

「夕刻にござる。これから小舟を出して法度(はっと)に触れる積み荷がないか、怪しい者を乗せていないか、船内をくまなくあらためもうす」

「それは何人で行うのでござるか」

「四人でござる」

俊介は少し考えた。

「沖にいま停泊している船で、抜け荷を噂されたことのある船はあるのかな」

役人があっけにとられた。

「——抜け荷。そのようなことは決して許されぬ。そんな事実はまったくござらぬし、噂すら流れたこともござらぬ」

案の定の答えだった。俊介は冷静に役人の顔を見ていた。憤然としたことは偽りではないように見えたが、噂が流れたことがないというのは、嘘をいっているのではないか。ふつうに考えれば、抜け荷の噂を一度も耳にしたことがないというのは、不自然である。

俊介は、これ以上ここにいても得られるものはないと判断した。

「失礼した」

きびすを返して、船番所を出た。

「そこもとの名は」

声が追ってきた。俊介は無視することはせず、俊介と申す、とだけいい放って再び歩き出した。

「俊介どの、これからどうされますか」

仁八郎が控えめな口調できいてきた。

船溜まりから、旅人を満載した船が出てゆくところだった。何人かの旅人が、カッパと呼ばれる船首の天井板のところに出て景色を眺めているが、ほとんどの者は胴の間で休息を取っているようだ。歩き詰めでここまでやってきて、船のなかというのは貴重な休憩の場所なのだろう。

水夫たちが船の上を動き回っているが、人相がよいとはいえない男がそろっている。川越し人足が川を渡っている途中で客に酒手をねだることがあり、断ると流れに放るような仕草を見せるそうだが、それと似たようなことをあの者たちもしているのではあるまいか。いかにも荒くれどもで、俊介はあの男たちに命を預けたくはなかった。

風を受けて徐々に遠ざかってゆく船を俊介はしばらく見つめていたが、やがて仁八郎と伝兵衛に向き直った。

「沖合に停泊しているあれらの船には、必ず持ち主がいるな」

仁八郎がうなずく。

「ほとんどの船は、廻船問屋が所有しているものかな」

「廻船問屋というのは船主と荷主のあいだに立って、運送の周旋をする者でございます。しかし今は、廻船問屋が船を持ち、荷主からじかに請け負う者も増えていると聞きます」

俊介は目を転じて、仁八郎を見た。

「仁八郎は物知りよな」

「畏れ入ります」

「ならば、これより聞き込みを行う」

俊介は宣するようにいった。

「なにを聞き回るのでござるか」

伝兵衛が首をかしげて問う。

「廻船問屋に限らず、抜け荷の噂がある商家を洗い出す。抜け荷をしているからこそ、異国へおなごを売ることができるのであろう」

俊介たちは、熱田湊の近くに軒を並べている商家の聞き込みを開始した。抜け荷についてきいて回ったが、どこの商家も災いが降りかかってくるのを恐れているのか口が重い。

俊介たちは十数軒の商家を訪ねたが、手応えのある話を聞き出すことはできなかった。あたりにはすでに夕刻の気配が漂っている。

「さすがにむずかしいものでござるな」

伝兵衛が疲れたような表情を浮かべていう。

「うむ、そうだな。だが、湊から少し離れたところに、まだ何軒かの商家が残っているようだな」

俊介も疲れを覚えていたが、ここでへこたれてはいられない。おきみを助け出さなければならない。

桑名行きの渡し船は、今日の最後の便が湊を出てすでに久しいが、旅人相手の茶店はまだひらいている。渡し船が七つをもって終わることを知らずに湊にやってくる旅人があとを絶たず、その者たちを目当てに茶や団子などを供しているのである。

六十八という伝兵衛の年を慮り、俊介は茶店で休憩を取った。七つに終わるなんて早すぎるな、まったく腹が立つ、まだこんなに明るいのに宿を取らなきゃならないぜ、宿と渡し船がつるんでいるんじゃないのか。旅人たちの不平の声が耳に届く。

七つを過ぎて湊に着いた者はこの宿場で旅籠を見つけるか、もしくはさらに六里の道のりを歩いて三里の渡しと呼ばれる渡し場を持つ佐屋宿に赴かなければならない。佐屋宿までは佐屋街道といわれる脇往還を使うが、途中で日暮れがきても岩塚、万場、神守と三つの宿場があるから心配ないとはいえ、もはや歩く気力の失せた者はここ宮宿に宿を取るしかない。

荒天で渡し船が出られないときに備えて宮宿には二百五十軒近くもの旅籠があると聞いているが、宿と渡し船がつるんでいるのではないかという旅人の言葉は、案外、的を射ているのではないか。

団子を食べ、茶を喫したおかげか、伝兵衛の顔色が戻った。それを目の当たりにして安堵した俊介は代金を払い、茶店をあとにした。

再び商家の聞き込みを行うために、今度は熱田神宮のほうへと歩き進んだ。こちらもずいぶんと盛っており、道沿いに旅籠と問屋場がずらりと軒を並べ、物見遊山の旅人たちが声高にしゃべりながら行きかい、客引きの女たちが大声を発して客を呼び込んでいる。それだけでなく駕籠、駄馬や大八車がしきりに行き来している。

どうやらこのあたりは伝馬町というところらしく、宮宿のなかでは最もにぎわっている場所のようだ。

「俊介どの、あれは」

仁八郎が、旅籠と問屋場のあいだに建つ一軒の商家を指さした。ほんの五間ばかり先の屋根の上に、井無田屋と黒々と墨書された扁額が掲げられている。

馬籠宿の豪農吉右衛門の家において、主人敦左衛門と番頭恭造が何者かに刺し殺されたが、その二人の店は井無田屋だった。名古屋に本店があるとのことだったが、熱田に支店を出しているということか。

そう思って見ると、大勢の奉公人を使っているはずなのに、建物自体はさほど大きくない。支店と見て、まちがいないようだ。

「二人の遺骸は名古屋に戻ったのだろうか」

俊介はつぶやいた。店はひらいているようだ。日暮れが近いこともあり、じき閉まるかもしれない。

ふと脳裏にひらめいたものがあった。気づくのが少し遅れたきらいがあるかもしれない。

「敦左衛門と恭造の死とおきみのかどわかし。この二つには関わりがないのだろうか」

仁八郎がはっとする。

「あるかもしれませぬ。両方とも、人が殺されています。井無田屋の二人が殺されたのが馬籠、おきみちゃんが人殺しを見たのは槙ヶ根近くの林で、双方の距離は五里ばかりでしょう。決して近くはありませぬが、さりとて、さして遠くもありませぬ。二つの事件に関わりがないと打ち消すことは、決してできぬとそれがしは勘案いたします」

力説を終えた仁八郎から目を離し、俊介は伝兵衛に顔を向けた。

「それがしも、仁八郎のいう通りだと思います。さっそく井無田屋に話を聞くべきと存じます」

うむ、とうなずいて俊介は材木と記された看板の横を通り、店の正面に回り込んだ。暖簾を払って、仁八郎が訪いを入れる。帳場格子（ちょうばごうし）のなかにいた店の者がさっと立ち上がり、土間に降りてきた。

「そなた、番頭か」

すぐさま俊介はたずねた。男は、年は四十ほどか。大きな目と娘のように白い肌をしているが、額に刻まれている三本の深い横じわが年相応に見せていた。

「いえ、手前はこの店の差配を任されている者で、弥兵衛（やへえ）と申します」

「敦左衛門と恭造は残念なことをした」

その言葉に弥兵衛が驚く。

「二人をご存じでございますか」

弥兵衛が、俊介たちを内暖簾の奥にある座敷に導いた。茶が供される。

座敷で弥兵衛と向き合った俊介はまず名乗り、どういうことで敦左衛門たちと知り合うことになったかを伝えた。そして、なぜ二人の死を知ったかも併せて語った。

「すまぬことをした」

俊介は弥兵衛に頭を下げた。弥兵衛があわてた。

「いえ、俊介さまに謝られるようなことではございません。二人が何者かの手にかけられたのは、寿命がそこまでだったということでございます」

「どんな者も寿命にはあらがえぬが、残念でならぬ。二人ともまだ若かったのに。遺骸は戻ったのか」

「いえ、あちらで茶毘(だび)に付し、葬儀も行いました」

「骨だけ戻ってきたのか。店のほうはどうだ。少しは落ち着いてきたか」

「はい、おかげさまでなんとか。仕事のできる奉公人は大勢おりますので、得意先に迷惑をかけることもなく、つつがなく店は回ってございます」

「それならば少しは気持ちも落ち着く」

俊介は本題に入ることにした。

「敦左衛門と恭造の二人を殺した者はつかまったか」

「つかまればすぐに知らせると郡奉行所のお役人からいわれてはおりますが、そういう話はまだきておりません」

そうか、と俊介はいった。

「敦左衛門と恭造は、よく二人で木曽に行っていたのか」

「はい、さようにございます。木材の買い付けでございます」

「いつもその二人か」

「はい、ほとんどがさようにございました」

「奉公人のそなたにはききにくいことなのだが、井無田屋が抜け荷に関わっているというようなことはないのか」

「抜け荷にございますか」

弥兵衛が目をみはる。

「冗談で申しているわけではない。おきみという、俺たちの大事な娘がかどわかされ、調べてゆくうちに、他のおなごたちと一緒に異国へと売られるのではないかという話を仕入れたのだ」

「大事な娘御が異国に……」

瞳に哀れな、という色が浮いたが、弥兵衛がすまなさそうに頭を下げた。

「しかし、手前どもは材木問屋で、抜け荷にはまったく関わりがありませぬ」

「異国との抜け荷には、関わりがないのであろう。だが、別の抜け荷はどうなのだ」

弥兵衛が怪訝(けげん)そうにする。

「あの、それはどういうことにございますか」

「木曽檜などの抜け荷に関わっているのではないかと申しているのだ。死んだ者を悪くいいたくないが、そのために敦左衛門と恭造の二人は殺されたのではないのか」

「手前どもは、そのような真似はいたしておりませぬ」

「この地に支店を置いているのは、表向きは荷を江戸や上方に運び出すためであろうが、実は抜け荷の集散地としているのではないのか」

「いえ、そのような真似は、決していたしておりませぬ」

額に脂汗をにじませつつ弥兵衛が抗弁する。

「この地に支店があるのは、名古屋で消費される木材を集めるためでございます。外に出すものはほとんどございません」

「木曽の木材がやってくることはないのか」

弥兵衛がうつむき、黙り込んだ。

「よいか、弥兵衛」

俊介は口調を和らげた。

「俺たちは木材の抜け荷のことを責めるつもりはないのだ。正直、そなたらが木曽檜の抜け荷をしていようがいまいが、俺たちにはなんの関わりもない。ただ一つの望みは、おきみをこの手に取り戻すことだけだ」

弥兵衛がうつむいた。決意したように顔を上げるのに、さしてときはかからなかった。

「承知いたしました。では、正直に申し上げます。抜け荷ではないかと思える木材がこちらに回ってくることは、確かにございます。旦那さまと筆頭番頭の恭造さんが殺されたと聞いて、真っ先に頭に浮かんだのは抜け荷のことでございました」

弥兵衛が乾いた唇をなめる。

「ただ、どのようにして抜け荷が行われているか、手前は存じません。この店を任されているといっても、主立った者のなかで手前の格など下から数えたほうが早いくらいでございます。旦那さまからは、まじめさと手堅さを買われ、この店の差配役を任されているだけでございますので」

俊介は微笑した。弥兵衛がまぶしそうな顔つきになる。

「よく話してくれたな。かたじけなく思う。一つききたいことがある。よいか」

弥兵衛が深くうなずく。

「抜け荷ではないかと思える木材が回ってくることがあるといったが、通常の荷とどういうちがいがあるのだ」

「運んでくる者が異なるのでございます」

「抜け荷と思える荷は、運んでくる者が決まっているのか」

「さようにございます。轍造（てつぞう）という運送を担う者でございます」

「どこの者だ」

「美濃の者でございましょうか。手前もはっきりとは聞いたことがございません」

「その轍造の運んでくる荷が、どうして抜け荷によるものだと思えるのだ」

「旦那さまからの指示が異なるからにございます。轍造の船は小そうございまして、せいぜい百石積みほどでございます。いつも五艘の船で木材を積んでやってまいります」

「船番所の目はどうやって盗む」

「船の床板が二層になっており、お役所のお許しを得ている木材は上に、抜け荷と思える荷は下に積んでいます。両方とも荷を下ろすのは昼間ですが、船番所のお役人は仕事熱心ではありませんし、こちらも付け届けは欠かさずしておりますゆえ、検分の際、仮に怪しいと思ったとしても、手心を加えてくれます」

役人というのは、と俊介は思った。油断できぬものだ。付け届けなどをもらえばどうしても検分、検見が甘くなるのはわかっているだろうに、俸禄が安いこともあって、はねつけられないのだ。しかし、高禄をもらっていればおのれを律せられるかといえば、そうではないところが人の浅ましいところであり、おそらく真田の家中でも同じようなことがはびこっているのだろう。

自分が家督を継いだ暁には、そのあたりは一掃せねばならぬ。そうでなければ、年貢を払っている者たちに申し訳が立たぬ。政を司る者が不正を行っていては、下の者がまじめに税を納める気にならぬのは当たり前のことである。

「轍造に会うにはどうすればよい」

ききながら、もしやという思いが俊介の脳裏を占めた。あの男ではないのか。

「轍造というのは、ひげ面で目がぎょろりと大きく、鼻が潰れたようになっている細身の男か」

「ええ、はい、まさしくそのような男でございます。ご存じなのでございますか」

「会ったことはないが、子分たちが捜していたのだ」

そうか、あの者どもは川や海での運送を生業にしていたのか、と俊介は思った。七里の渡しの水夫たちと顔つきも雰囲気もそっくりだった。

「この井無田屋という店だが、反目し合っている者はおらぬか」

「反目でございますか」

弥兵衛は畳を見つめ、考えはじめた。

「手前には思いつきません。むしろ、どの商家とも仲よくつき合っていると思えます。反目の上、旦那さま、筆頭番頭の二人を殺すような真似をする者に心当たりはございません」

「そうか。ならばよい」

俊介は弥兵衛に礼をいって、井無田屋の支店をあとにした。

「井無田屋の敦左衛門と恭造の二人は、輸造と会っていたのだな。そのことが誰の癇に障ったのかわからぬが、三人とも殺された」

「おっしゃる通りにございましょう」

仁八郎が深くうなずく。

「ご慧眼でござるな」

伝兵衛が感服の思いを隠さずにいう。

「誰が三人を手にかけたか、それがわかれば、必ずおきみ坊の居場所につながるものが得られますぞ」

「そうだな。また聞き込みをせねばならんな」

俊介はあたりを見回した。すっかり暗くなり、船にも町家にも灯りがともり、どこか幻の町に足を置いているような錯覚にとらわれる。見とれてしまうような美しい光景である。

そのとき、横合いから人の気配が立ちのぼった。仁八郎がいち早く身構える。俊介は目を向けた。

「何者だ」

伝兵衛が誰何の声を発した。ふらりと影が近づいてきた。

「弥八か」

俊介がいうと、影は目の前に来てにこりと笑った。いまいましげに伝兵衛が刀から右手を放す。

「よくここにいるのがわかったな」

俊介は弥八をたたえるようにいった。

「おきみちゃんの行方を捜すために、湊で聞き込みをしているのではないかと思ったまでだ。——調べてきた」

そうか、と俊介はいった。

「今宵はこの宿場に宿を取ることにいたそう」

俊介がいうと、伝兵衛が顎を引いた。

「そこで弥八の話を聞くのでございますな」

「そういうことだ。弥八、そなたも俺たちと一緒に泊まればよい」

「いや、それは遠慮しておこう。武家と一緒では窮屈だ」

「きさま、なにをいうか。俊介どののせっかくのお誘いを断るとは」

「よせ、伝兵衛。いやという者を無理強いすることはない。弥八、ならば歩きながら話を聞こう。仁八郎、行くぞ」

仁八郎が提灯に手際よく火を入れ、先に立つ。淡い光の輪が足元に投げかけられる。

「十人の荒くれどもは、自分たちが木曽檜などの抜け荷の片棒を担いでいることは、わかっている様子だった」

歩きはじめてすぐ、弥八が語り出した。

「抜け荷の檜を積んで、ときおり熱田湊にやってきては、井無田屋という店の大船に移し替えることをしていたらしい」

「よくそこまであの者どもが話したな。手荒なことをしたのではないか」

弥八はかすかな笑みを漏らしただけだ。

「頭は轍造といい、いなくなる前の日に、誰かと会っていたという。それが誰か、子分どもは一人として知らなかった」

「会っていたのは、井無田屋のあるじと筆頭番頭だな」

弥八が無言でうなずく。

「轍造が根城にしている小屋に戻ってきて、やつらは酒盛りをはじめたそうだ。浴びるように飲んで、全員が眠りこけた。起きたら、轍造がいなかった。小便にでも行ったのだろうと気にする者はいなかったが、いつまでたっても戻ってこない。なにかあったにちがいないと、あわてて捜してみたものの、結局は見つからなかった」

うむ、と俊介はいい、先をうながした。

「やつらは、轍造の命ずるままに動いていた。だから、轍造がいなくなって途方に暮れるしかなかった。俺がやつらから引き出せたのはそれぐらいのものだったが、それだけではなんのためにわざわざ話を聞きに捜し出したのか、わからなくなってしまう。それで、やつらから杢兵衛（もくべえ）という男のことを聞き出した。この男は名古屋に住んでいるようだが、運送のことに関してとても詳しいらしい。会えば、なにかよい話が聞けるかもしれん」

俊介は弥八を見つめた。

「俺たちに、その杢兵衛という男を譲ってくれるのか」

「そうだ」

弥八が、杢兵衛という男が名古屋のどこに住んでいるか、つまびらかに話した。俊介は頭に叩き込んだ。

「それで、弥八はなにをする気だ。譲ってそれきりということはなかろう」

「忍び込んでみるつもりでいる」

「どこに」

弥八が顎をしゃくった。

俊介は沖合に顔を向けた。灯りがついている船もあれば、灯りを落として闇に溶け込んでいる船もある。海は凪いでおり、ときおり波が舫われている渡し船の舷側を叩くだけだ。沖のほうから潮の流れのような音が聞こえてくることもあるが、風が海上を流れているだけかもしれず、音の正体は判然としない。人けはまったくなく、静けさが湊を支配していた。

「あれらに忍び込むのか。相当の数の船があるぞ」

「おきみちゃんを捜すのは、それが最も早いのかもしれん。だが、俺が忍び込むつもりでいるのは、船ではない」

「というと」

「沖合にある船に次々に忍び込むというのは、たやすいことではない。小舟を操れぬことはないが、俺はこれまで海の上で櫓を使ったことはない。もともと山の生まれの血筋ゆえ」

「山生まれの血筋なのか」

「しくじった。口を滑らせたな」

苦笑した弥八がなにごともなかったような顔で続ける。

「おきみちゃんが閉じ込められているのは、船とは限らん。陸というのも十分に考えられよう」

確かにな、と俊介は思った。監禁できる場所は陸地のほうがいくらでもあろう。

「俺は付近の商家をしらみ潰しにする気でいる。しらみ潰しといっても、抜け荷を行えるだけの規模を誇る商家の目当ては、すでについている。悪事をはたらいている者どもは、夜ともなれば、きっと密談をしているだろう。かどわかしたおなごどもの話も出るはずだ。おきみちゃんが閉じ込められているのがどこか、そうやって探り出すつもりだ」

「おきみを見つけ出したらどうする」

「知れたこと。助け出す」

「そなた一人でか」

弥八がにやりとする。

「一人のほうがやりやすかろう。——伝えるべきことはこれですべて伝えた」

「おきみを救い出した際、そなたは俺たちに伝える必要があろう。どうやってつなぎを取るつもりだ」

「案ずる必要はない。こちらから見つけ出す」

そうか、と俊介はいった。

「ではな」

弥八が右手を挙げ、すっと横に動く。二歩ほど行った次の瞬間、夜のとばりの向こうに姿を消した。気配もかき消えている。相変わらず、鮮やかすぎるほどの技の切れである。

山生まれの血筋といったが、と俊介は弥八が消えた闇を見つめて思った。先祖はどこの生まれだろうか。日の本の国は平地はひじょうに少なく、山ばかりといってよいが、まさか信州松代ということはないのだろうか。

なぜかそんな気がしてならない。似鳥幹之丞もそうだが、松代に縁のある者が自分のまわりに集まってきているのではないか。

「おきみを見つけ出してくれればよいが」

伝兵衛が祈りのような言葉を口にした。

「あの男は気に入らぬが、是非とも期待したいものにござる」

伝兵衛はすがるような目を、さらに暗さの増した闇に向けている。

「伝兵衛、弥八を当てにするな」

俊介は厳しい声音で釘を刺した。

「弥八を頼らず、俺たちだけで見つけ出す気概を持たねば、おきみを救い出すことなどできぬぞ」

伝兵衛が恥ずかしげに身を縮める。

「おっしゃる通りでござる。それがしのへまでおきみ坊はさらわれもうした。それなのに、人頼みにしようとは面目ない次第でござる。それがしの力でおきみ坊を取り返さぬで、なんといたそう」

伝兵衛の目に輝きが戻った。

これでよい。きっとおきみをこの手に取り返せよう。

俊介は心中で深くうなずいた。

第三章　かなづち剣士

一

戦国の昔、忍びの者は里から俊敏そうな幼子をさらっては容赦なく鍛え上げ、忍びに育て上げたと聞く。

その手の話は伊賀(いが)や甲賀(こうが)のこととしてよく語られるが、俺の先祖も同じような真似(まね)をしたのだろうか、と弥八は思った。

していないはずがない。他の者よりまさっている男子をかどわかして新しい血を入れなければ、伝来の技を守り続けることなどまずできまい。血は腐る。技が守られなければ、忍びなどあっという間に滅びてしまおう。

つまりは俺の先祖もどこからかかどわかされて、厳しく鍛え上げられたというのか。おそらくそういうことなのだろう。

弥八も鍛えられた。といっても、かどわかされたわけではない。今は亡き祖父にみっちりと教え込まれたのである。

祖父には、よい腕になったと亡くなる際にほめられたが、先祖たちの技には遠く及ぶまい。なにしろ、太平の世となり、新しい血を入れる必要などなくなったからだ。戦国の世が終わり、すでに二百年以上たっている。新しい血を入れることなく、忍びの技が連綿と続いてきたこと自体、奇跡といえるのだ。伊賀や甲賀などは、とうに技は絶えている。

真田忍びも、主家に仕える者たちは、すでに技を途絶えさせていよう。真田忍びの本流は、技に関していえばとっくの昔に終わっている。

弥八の家だけが、細々と技をつないできたのである。それは、忍びの技を必要としていたからだ。弥八の家の先祖は、真田信繁（幸村）が大坂の陣で討ち死にしたとき、そばに仕えていた忍びである。信繁の死後江戸に出てきて、盗人として居着いたのだ。

つまり、真田家として今に続く信繁の兄である信之の家系とは、関わりがない。俊介とも関係がないといえるのだが、世話になった拓造とその妹おさちの仇討をしようとした相手が、真田家の跡取りだったというのは、おそらく偶然ではあるまい。それが今では、おきみの行方を捜し出そうとしている。先祖が俊介の役に立て、といっているのではあるまいか。

弥八はまず、拓海屋という廻船問屋に入り込んだ。今夜、忍び入りを敢行しようとしているのは、六軒である。全部でちょうど十軒の商家を的にしており、一晩ですべてに忍び込むことができればよいのだが、弥八に無理をするつもりはない。無理をして、しくじるのが最も怖い。すべてを無にしてしまう。戦国を生きた先祖たちなら、一晩に十軒くらい楽々だったにちがいあるまい。このあたりに腕の差が如実に出ているが、ない物ねだりをしても仕方ない。

拓海屋は名古屋に本店があり、熱田には差配役をつとめている番頭と数人の手代がいる。この者たちはまだ仕事をしていたが、密談は行っていなかった。夜が更けつつあるというのに主立った者たちが額を寄せ合って、売上をどうすれば伸ばしてゆけるかを真剣に論じ合っていた。

ここはちがうなと弥八は拓海屋を出た。

次に忍び入ったのは、今橋屋という商家である。ここも廻船問屋で、本店が名古屋にあるのは拓海屋と同じである。

この店も、本業のことで熱く語り合っていた。どうすれば他の廻船問屋とちがう色を出してゆけるか、どんなことをすれば新たな客を獲得できるか、そのようなことを熱心に話し合っていた。

三番目は新田屋という酢を扱っている商家である。この店は自前の船を五艘も持ち、酢以外の品を江戸や上方に運ぶことがあるとのことだ。ここは熱田湊に本店を置いている。

この店でも密談などは行われておらず、主人や番頭、手代たちが帳面と算盤を文机に置いて、金勘定をしていた。どうやら売上と実際に入ってきた金が合わないようで、懸命な目を帳面に注ぎ、算盤を弾いている。

弥八としては、感心するしかない。商家はどこもたくましい。生き残るために、知恵を出し尽くそうとしている。金儲けのためなら命を懸けるというのも、あながち大袈裟ではあるまい。ひるがえって武家のことを考えると、今の侍たちに命を懸けるものなどあるまい。自分の命のためなら、主家や主人ですら平気で売るのではあるまいか。

俊介が主君なら、心酔する者は少なくなかろう。命を懸けて守ろうとする者も枚挙にいとまがないのではないか。

忍び入りはあっさりと進んだ。いまだ空には夜明けの気配など微塵もない。

四番目に忍び込んだのは、蟹江（かにえ）屋という材木問屋である。井無田屋と同業であるということで、かなり気にかかっていた店で、もっと早く忍び込んでもよかったが、この店は熱田の町でもかなり奥まったところにあり、順番で四番目になったのである。

本店は名古屋にあるが、熱田のこの店がほとんどの仕事を行っていることもあって、支店といえども、相当の大店（おおだな）である。奉公人も百人ではきかない。敷地も大名の上屋敷のように広大である。

――におうな。

建家に忍び込んですぐに弥八は思った。ここが、かどわかしに関わっているのではないか。そんな気がしてならない。店のなかに、ねっとりと粘るような、気持ちが落ち着かなくなる雰囲気がぷんぷんしている。

弥八は慎重に屋根裏を進んでいった。どこからか、ひそやかな話し声が耳に届いてきた。二人の男が向き合っているようだ。

弥八はそちらに向かった。埃（ほこり）を舞い上げ、蜘蛛（くも）の巣を破りつつ五間ほど行ったとき、ふと話し声がやんだ。

気づかれたか。弥八は動きを止め、気配を消すことに気を配った。背中に汗が浮き、つーと流れる。だが、と思う。店の誰がこちらの気配に気づくというのか。そんな手練（てだれ）がこの店にいるのか。

いないと考えるほうがどうかしている。この店がかどわかしという悪行に手を染めているのなら、腕利きの用心棒が何人いてもおかしくない。

息を詰めてじっとしていると、再び話し声が聞こえてきた。舞い上がった埃が天井板のすき間から差し込む行灯(あんどん)の光に照らされ、まだゆらゆらと目の前でうごめいている。話し声はひそやかで、口調は先ほどと変わらない。

弥八は動かず、なにを話しているのか、聞き取ろうと集中した。娘ども、という言葉が耳に飛び込んできた。

さすがに平静ではいられない。かどわかした者のことをいっているのではないか。心の臓が激しい鼓動を刻む。この音すら覚(さと)られるのではないか、と弥八は心を静めようと何度か深くゆっくりとした呼吸を繰り返した。心の臓がいつもの調子を取り戻したのを確かめて、動きはじめる。

三間ばかり横に動いた。話し声は続いている。この真下で密談は行われている。娘たちをいつ船に移すか、そのことで話し合っている。

客は遠くからやってくる。その都合もあり、ここぞという間合を計って移さないと、船番所の役人に気取られかねない。連中には十分すぎるほどの鼻薬を嗅(か)がせてあるとはいえ、なかには薬の効かない堅物もいる。万全の備えをもって臨まなければならない。下で二人の男がそんなことを話している。

つまり、と弥八は思った。女たちは今も陸上にいるということだ。いったいどこに閉じ込めてあるのか。口にしろと念じた。だが、その思いは二人の男にはなかなか通じない。

二人の男から剣客のような剣呑さは伝わってこない。少なくとも、自分には感じられない。これならば、のぞいても大丈夫ではないか。二人がいったいどんな男なのか、顔をはっきりと確かめたいという気持ちもあった。弥八は天井板をわずかにずらした。

行灯が隅で燃えているようで、八畳間とおぼしき座敷は淡い光におぼろげに照らされている。部屋の真ん中にいる二人は、いずれもきれいに月代を剃り上げている。髷は遠慮が感じられる小さめなもので、商人らしさがあった。おなごのかどわかしという阿漕な真似をしているが、見た目だけは、客商売というのを前に押し出しているのだ。

いま二人は茶を喫し、話は中断している。

弥八は、かどわかしの証拠がほしかった。いや、その前にやはりどこに押し込めているのか、場所を知りたかった。

吐かせるべきだろうか。弥八は考えた。それはいくらなんでも尚早か。俺は焦っているのだろうか。

だが、やはり脅して白状させるのが最も早かろうという結論に落ち着いた。おきみたちの居場所を吐かせたのち、この者たちを縛り上げて町奉行所にでも船番所にでも突き出せば、すべてが終わる。

弥八は注意深く天井板を動かし、体が入るくらいの隙間(すきま)に徐々に広げていった。二人は気づかない。

これでよし。いざ、その隙間に体を入れようとしたとき、いきなり二人が顔を上げてこちらを見た。

——気づかれた。さすがにやり過ぎたか。

だが、もはや迷ってなどいられない。弥八は畳に飛び降りた。驚きあわてた二人が隣の間に逃れようとする。

逃がすものか。弥八は追いすがった。だが、そのとき背後の襖(ふすま)がすらりと音を立ててあいたのを知った。剣気が襲いかかってきた。

なにっ。弥八は振り返った。行灯の灯(あか)りを鈍く弾く一条の光の筋が目に映り込む。刀だ、と思う間もなく、激痛が左肩に走った。

——なんてこった。斬られちまった。

衝撃が心に走る。弥八は気持ちが萎(な)えかけたが、このくらいで死んでたまるか、と崩れ落ちそうになる体を叱咤(しった)し、立て直した。

目の前にがっしりとした体軀(たいく)がすっくと立っている。刀は構えておらず、刀尖(とうせん)をだらりと下に向けていた。

この体には見覚えがあるような気がし、弥八は目を上げて男の顔を見た。あっ、と声が出た。

そのとき、いきなり刀が動き、下からすくい上げられた。どす、と鈍い音がした。まともに腹を打たれたのだ。

弥八は息が詰まった。呼吸ができず、畳に両膝をついて体を丸める。

「案ずるな。死にはせぬ」

弥八は、峰打ちでやられたのをようやく知った。この店に忍び込んだとき、粘りつくような気配を感じたのは、この男のせいだったのだ。弥八は自らの迂闊さを呪ったが、もはやあとの祭りだった。

「苦しそうだな。楽にしてやる」

がつ、と首筋がいやな音を立てた。目の前が真っ暗になり、弥八はなにも見えなくなった。体が前のめりになったのはわかった。

そのまま弥八は、暗黒の坂を真っ逆さまに転がり落ちていった。

二

なにかあったのでなければよいが。

俊介は胸騒ぎを覚えた。

「いかがされました」

俊介の表情に気づき、仁八郎が心配そうな目を向けてきた。

「弥八のことだ」

「弥八どのがどうかしましたか」

「なにかあったのではないかと思うてな」

仁八郎が眉を曇らせる。

「まさかつかまったのではないでしょうな」

殺されたのではないか、と仁八郎は思ったようだが、さすがにそこまで口にするのは、ためらわれたようだ。

俊介は小さく首を振った。

「いや、つまらぬことを考えるのはよそう」

俊介は前を向いた。

「あの男のことだ。へまなど犯すまい」

伝兵衛が渋い顔をする。

「しかし、俊介どのの勘はよく当たりますからな」

「さして当たらぬさ。こたびも当たらぬことを祈ろう」

朝日が昇り、あたりを照らしはじめた。昨夜は名古屋に戻って知多屋に一泊し、俊介たちは夜明け前に城下の矢場町(やばちょう)に向かって歩き出したのである。出立前まで、弥八がおきみを連れてやってくるのではないかという期待があったが、その願いは結局かなえられなかった。

遠くに名古屋城の天守が眺められる。名古屋城から半里ほど南の場所で、さすがにここからでは金のしゃちほこは見えない。

「このあたりが矢場町のようですね」

植木に水やりをしていた女房に聞き、馳(は)せ戻ってきた仁八郎がいった。

「残念ながら、李兵衛どのの住みかは知らぬとのことでした」

「それはよい。道はだいたいわかるゆえ。それにしても、矢場町というからには、近くに尾張家の矢場があるのだろうが……」

俊介がいうと、伝兵衛が視線をめぐらせた。

「しかし、そのようなものは見当たりませせぬな。どこかに移ったのかもしれませせぬ」

城下町では移転の例はよくある。名古屋に徳川家がやってきた頃には、このあたりはまださしてひらけていなかったのではないか。弓の稽古場をつくるのに格好の地だった。それが町屋が建て込んできて、矢場が邪魔になった。それで移転を余儀なくされたが、名だけは残った。こういう事情かもしれない。

「矢場町といえば、柳生利厳さまの屋敷があったところですね」

仁八郎があたりを興味深げな目で見回す。

「とうに屋敷はなく、寺になっているとの話を聞いたことがあります」

柳生利厳といえば、柳生石舟斎の孫で、尾張柳生の初代である。恐ろしいまでの遣い手として知られている。

「なんという寺だ」

仁八郎が首をひねる。

「それがなんとも迂闊なことに、失念してしまったのです。寺の名を目の当たりにすれば、思い出すのでしょうが」

俊介たちは、弥八がいった通りに歩いた。すると、こんもりとした林を背にした角地に一軒のこぢんまりとした家が見えてきた。木戸の横に小さな祠があり、そこから泉が湧き出していた。

「あそこが杢兵衛どのの家ではござらぬか」

「うむ、そのようだ」

俊介たちは足早に近づいた。屋根つきのがっちりとした木戸は閉まっている。仁八郎が訪(おとな)いを入れた。やがてやわらかな足音が聞こえ、どちらさまですか、といった。女の声だ。

俊介は名を告げ、杢兵衛どのに会いたいのだが、といった。

「どのようなご用件でしょう」

「人を捜している。杢兵衛どのに話を聞ければ、手がかりをつかめるかもしれぬ」

少々お待ちください、と女の足音が去っていった。どこからか鹿威(ししおど)しの音がする。十回ほど鹿威しが小気味よい音を響かせたのち、足音が戻ってきた。

「どうぞ、お入りください」

くぐり戸がひらかれ、若い女が顔をのぞかせた。目が大きく、鼻筋が通り、凛(りん)とした顔立ちをしていた。背筋がまっすぐ伸びており、姿勢も実によい。武家のような雰囲気を身にまとっている。香(こう)を着物に焚(た)きしめているのか、よい香りが鼻をくすぐる。

俊介たちはこの女の先導で、両側を垣根に囲まれた細い道を進んだ。十間ほど行ったところで、よく手入れされた広々とした庭に出た。家自体はさほど大きくないが、敷地はひじょうに広い。優に千坪は超えているのではあるまいか。鳥たちが木から木へと飛び移ったりして、楽しげに遊び回っている。

濡縁のついた座敷が右手にあり、あいている腰高障子のあいだから、ちょうど朝日が斜めに射し込んでいた。新しい畳がその光を弾いて、まぶしいほどだ。

「どうぞ、こちらに」

しわがれた声がし、座敷の奥からあらわれた男が畳に正座した。控えめに俊介たちを手招く。腰が曲がり、かかしのようにやせた男だが、どこか人を威圧する力が感じられ、近寄りがたい。似鳥幹之丞に通ずるものがあった。

これが杢兵衛か。年は七十近いのではあるまいか。

「失礼する」

一礼した俊介は濡縁から上がり、男の前に座った。仁八郎と伝兵衛がうしろに正座する。

先ほどの女が茶を持ってきて、俊介たちの前に置いた。すぐに下がってゆく。香の香りが遠ざかっていった。

「どうぞ、お召し上がりください」

男に勧められ、俊介たちは遠慮なく大ぶりの湯飲みを手にした。あまり熱くなく、甘みが感じられた。喉越しもよい。

「うむ、うまい」

俊介は顔をほころばせた。仁八郎と伝兵衛も、満足したような吐息をついている。

「それはよかった」

茶托（ちゃたく）に湯飲みを戻して杢兵衛がしわ深い顔をゆるめた。意外に白い歯が口元からのぞく。

「俊介さまといわれたか。名字をうかがってもよろしいか」

「それは秘密なのだ」

杢兵衛が顔をしかめる。

「それは残念でございます。やんごとない身分のお方とお見受けしましたが」

「俺たちは江戸の者だが、こうして気軽な旅に出ている。どんな者か容易に想像がつこう」

杢兵衛が首をかしげる。

「気軽な旅には見えませんぞ。なにしろ、人を捜しておられるとのことですから」

「うむ、その通りだ。おきみという娘を捜している。かどわかされたのだ」

俊介は身を乗り出し、おきみがどのような経緯でいなくなったか、語った。

「さようでございますか。釜戸宿の旅籠からかどわかされたのでございますか」

気の毒そうに俊介たちを見る。

「それで、そなた、人の売り買いをしている者を知らぬか」

俊介は単刀直入にきいた。唇を引き結び、杢兵衛がむずかしい顔をする。

「噂は聞いたことがありますが、どういう形を取っているのかは存じません。手前はもちろん手を染めたことはありません。これまでいろいろな物を運びましたが、人の売り買いの手伝いをしたことはございません」

「そうか」

俊介はうなずいた。李兵衛は正直なことをいっていると判断した。運送を生業とし、今はとうに隠居して表舞台からは降りているらしいが、まっすぐな心の持ち主であるように思えた。

「ところで、このあたりに忍びの末裔が住んでいるのか」

いきなり話題が飛んで、李兵衛だけでなく仁八郎と伝兵衛も驚きの色を浮かべた。

李兵衛がごくりと息をのむ。

「木曽忍びの血筋であるという者なら存じていますが」

「紹介してくれるか」

「はい、もちろんかまいませんが」

李兵衛は物問いたげな顔である。俊介は軽く咳払いした。

「忍びというのは、戦国の昔、人さらいをしていただろう。ちと、その話を聞きたいのだ」

「ああ、そういうことでございますか。その手のことをしていた者ならば、かどわかしについて詳しいのではないかとおっしゃるのでございますね」

「うむ、そういうことだ。末裔の者が、かどわかしに関わっていると疑っているわけではない」

李兵衛が顎を引く。

「大きな声ではいえませんが、実は手前がそうなのでございますよ」

「ほう、そなた、先祖は木曽忍びか」

「はい。織田信長公が武田勝頼公を滅ぼすために攻め入った際、木曽路の道案内をしたそうにございます」

真田家が仕えていた武田家が滅亡の道へと踏み出した第一歩は、家臣だった木曽義昌の離反に対し、勝頼が軍勢を催して討伐に向かったことである。木曽に攻め入ろうとしたところ、それが逆に織田家の領内への侵攻を呼ぶ結果になったのだ。

「そうか。その末裔のそなたがなにも知らぬのでは、どうにもならぬな」

「末裔は手前だけではありません。馬籠の宿近くに岩賀村という集落がございます。村人はすべて木曽忍びの末裔という伝承があるのです」

「そこへ行けば、なにかよい話がきけるというのか」

伝兵衛が先走ってきく。

「伝兵衛、まだ李兵衛どのの話は終わっておらぬぞ」

「はっ、失礼いたしました」

俊介は李兵衛に目を向けた。

「手前の先祖も、もともとは岩賀村の出だといわれています。遠い昔、戦国の世が終わった頃に名古屋に出てきたそうにございます。それで運送の仕事をしたところ、運よくそれが当たり、こうして手前も安穏な暮らしができているということでございます」

李兵衛が苦笑する。

「自慢話をしているときではありませんでしたな。——俊介さま、人さらいというのは儲かるものでございましょうか」

「俺にはよくわからぬが、昔から手を染める者があとを絶たぬ。濡れ手に粟のようなうまみがあるのではないか」

「さようでございましょうな」

李兵衛が厳しい顔つきになった。目に鋭い光が宿る。

「岩賀村に麟吉という者がおりました。年はいま二十三、四でしょうか。岩賀村は貧しく、麟吉は数年前、村を離れました。それが一年ほど前、急に羽振りがよくなったらしく、稼ぎを二親に送りはじめたのです。家は新しいものに生まれ変わり、二親の身なりもよくなりました」

「ほう、なかなか興を惹く話だな」

「さようでございましょう」

李兵衛が深くうなずく。

「麟吉は敏捷そのものの男でございます。先祖の血を濃く受け継いだのでございましょう。戦国の昔は、我らが先祖は麟吉のような男ばかりだったのでございましょうな」

「麟吉は、なにを生業にしている」

「蟹江屋という材木問屋に奉公しております」

「岩賀村を出て、すぐその蟹江屋に奉公をはじめたのか」

李兵衛が思い出すような顔をした。

「いえ、もともとその敏捷さを持て余しておりまして、村の近在で悪さばかりしていたのですよ。盗みが主でしたが、そのうちに悪い仲間と知り合い、名古屋に出ていったのでございます。その仲間の紹介で蟹江屋に奉公することになったのではないでしょうか」

「蟹江屋か……」

俊介は、熱田の町で看板を見かけたような気がした。

「熱田に店はあるか」

「ええ、ございます」

弥八も昨夜、蟹江屋に忍び込んだのだろうか。そのときになにかあったということはないのか。まだ胸騒ぎは静まっていない。

「名古屋に本店があるのでございますが、ほとんどの仕事は熱田で行っています。麟吉も熱田にいるはずです」

俊介は李兵衛に礼を述べた。

「いえ、なんでもありません。娘さんを取り戻す、お役に立てそうでございますか」

「必ず役に立とう」

俊介は確信を抱いている。初めて会い、名字すら名乗ろうとしないのに、李兵衛は俊介に厚情を寄せて、惜しむことなく教えてくれた。おきみを無事に取り戻すのに、このようなことが寄与せぬはずがない。

「あの、俊介さまはいったい何者でございますか」

「知りたいか」

「もちろんでございます」

李兵衛が期待の籠もった目で見つめてくる。瞳が志を抱く少年のように輝いている。

「そなたは、こころよくいろいろと述べてくれた。その礼として正体を明かそう」

李兵衛が首をかしげる。

「俊介さまのおっしゃる通り、手前はいろいろとしゃべりましたな。はて、どうしてでございますかな。手前は、それほど気前のよい男ではございません。むしろ吝嗇で通っております。それが、俊介さまにはどうしてかお教えしないといけないような気分になってまいりまして。ご人徳でございましょうな」

「人徳か。ありがたいことをいうてくれる。だが李兵衛どの、今から申すことは、決して他言せぬように頼む」

「心得ております」

俊介は、黒ずんでややひしゃげたような耳に口を近づけた。

耳から口を離したとき、李兵衛はあまり驚きを見せなかった。むしろ、納得顔だ。

「ああ、そういうことでございましたか。最近はどうも悪いことばかり起きると思っておりましたが、長生きすれば、よいこともございますなあ」

仁八郎と伝兵衛が、どうだといわんばかりに李兵衛を見ている。

「しかし、どうして真田さまの若殿が名古屋にいらしたのでございますか。むろん、ご公儀の目を盗んでということだと存じますが」

家臣の仇討で似鳥幹之丞という男を追っていると告げた。

李兵衛が意外そうにする。

「ご家臣の仇討でございますか」

「本来ならば確かにあり得ぬことだが、殺された男は俺にとって友垣だった。友垣の仇を討つのなら、妙なことはあるまい」

「もちろんでございます。古来、友垣のために粉骨砕身された方はたくさんいらっしゃいます」

それを聞いて俊介は笑顔を見せた。

「李兵衛どの、ではこれでな」

刀を手に、立ち上がった。仁八郎と伝兵衛も俊介にならう。

「お名残惜しゅうございます」

畳に両手をついて、李兵衛が見上げる。

「うむ、俺もだ。李兵衛どの、長生きしてくれ。さすれば、またきっと会えよう」

「老い先短い老いぼれでございますが、俊介さまにまたお目にかかれることを夢見て、がんばってみることにいたしましょう」

俊介たちは門の外に出た。李兵衛と若い女が一緒に出てきた。

「これは手前の娘でございます」

「おう、娘御であったか。名は」

「菊江と申します」

娘が名乗り、小腰をかがめた。李兵衛がおっ、という顔をする。

「娘は俊介さまのことを気に入ったようでございますぞ。娘自ら名乗るようなことはまずありません」

菊江が真っ赤になる。

「それは光栄だ」

「あの、俊介さまは独り身でございますか」

「うむ、そうだ」

「ならば、ご正室とは申しません、側室をお持ちになりたいときは、是非とも菊江をお召しになってください」

菊江があわてる。

「おとっつぁん、そのようなことをおっしゃっては、俊介さまがご迷惑です」

「俊介どのは堅物ですから、お約束できませぬぞ」

伝兵衛が笑いながらいう。

「もし俊介どのに断られたら、それがしが菊江どのの面倒を見ることをお約束いたそう」

「それはけっこうでございます」

笑みを浮かべつつも菊江がきっぱりと断る。

「袖にされてしもうた」

伝兵衛がおどけていうと、仁八郎が白い歯を見せた。

「伝兵衛どの、本当は動揺を隠せぬのではありませぬか」

「そんなことはない」

伝兵衛が赤い顔になっていった。

「向きになるところが怪しい」

「向きになどなっておらぬ」

「二人ともやめぬか」

俊介はやんわりとたしなめた。

「では、李兵衛どの、菊江どの、また会おう」

俊介が明るく告げると、李兵衛親子は深々と腰を折った。

俊介たちは二人の見送りを受けて、再び熱田に足を向けた。

三

精進川（しょうじんがわ）という、幅が十間ほどある流れ沿いの道を、俊介たちは通った。

「往（い）きも思いましたが、なかなかきれいな流れですね。魚がたくさんいますよ」

仁八郎が声を弾ませる。

「うむ、湧き水がとても豊富なようだな。このあたりの豊かな大地は、この川の恵みが大きいのであろう」

俊介は、松代領内を流れるという千曲川(ちくまがわ)の姿を脳裏に思い描いた。もちろん、国元には一度も足を運んだことがなく、千曲川を目にしたことはないのだが、話によると、江戸の大川(おおかわ)など問題にならない大河だそうだ。

その大河の恵みを松代は存分に受けているのだが、逆に出水による損失も大きい。この暴れ川をなんとかできれば年貢の増収につながり、農民たちも心安らかに暮らせるのだろうが、まだ真田家は妙手を打てていない。

この俺がなんとかできるだろうか。いや、きっとなんとかしてみせよう。それでなければ、真田の当主になることが定まった身に生まれた意味がない。

すでに名古屋の町は切れて、百姓家らしい家が散見される程度である。あたりには田畑が広がり、丘陵が起伏を見せ、社の杜(もり)がこんもりとした緑をのぞかせている。精進川がくねくねと曲がって流れているのも望める。初夏らしい爽快な風が強く吹きつけてきては、汗をかいた体を冷やしてくれる。

前を行く仁八郎も気持ちよさそうにしている。熱田と結ぶ道だけに行きかう者は多いが、誰もが笑顔で、このさわやかな気候を楽しんでいる様子である。

伝兵衛も、おきみ坊には悪いですが、あくびが出ますなあ、とのんびりとうしろからいった。

そのとき、道を一匹の子犬が駆けてきた。母犬を捜しているような心許なさが、目の色に出ていた。

「どうした」

仁八郎がしゃがみ込み、子犬を抱き止めようとした。一町ほど先の小高い丘が、俊介からくっきりと望めた。

くんくんと伝兵衛がにおいを嗅いでいる。

「どうした、伝兵衛、鼻づまりか」

俊介は振り向いて笑いかけた。

「若殿っ」

伝兵衛がいきなり抱きついてきた。

「爺っ、なにをする」

俊介は驚きの声を上げた。

その瞬間、どんっ、と腹を下から持ち上げるような音が轟いた。肌が危機を感じ取り、俊介は咄嗟にかがみ込んだ。

一陣の鋭い風が、うなりとともにうしろに飛んでいった。今まさに頭があったところだった。

仁八郎は呆然としていたが、我に返って犬を放すや、俊介のもとに一足飛びにやってきて、顔をのぞき込んだ。

「お怪我は」

目を血走らせて問う。

「ない」

仁八郎がうなずく。

「ここは危のうございます。あの神社へひとまず身を寄せましょう」

俊介たちは身を低くして、右手にある杜に向かって走った。距離はたったの五間ばかりでしかなかったが、今にもまた撃たれるのではないかと遠く感じた。だが、俊介たちが鳥居をくぐるまで、鉄砲の音は二度と響かなかった。

狭い境内である。すり切れた石畳が続く正面に、小さな社が建っている。

「まずいっ」

仁八郎が社を見て、叫び声を発した。

「先回りされた」

いうなり、俊介の前に身を躍らせた。

なにが起きようとしているか覚った俊介は、瞬時に仁八郎とは逆の方向に身を投げた。そうすれば、放ち手は攪乱されて狙いを誤るのではないかという期待があった。

自分のために仁八郎が死んだり、傷ついたりするのは避けなければならない。

どん、と再び鉄砲の音がした。俊介の顔のそばを熱気のかたまりが通り過ぎた。玉の熱で頬がただれたのではないかと思うほどの際どさだった。地面に伏せた俊介は、社の屋根の上がもうもうと煙っているのを見た。

「若殿っ」

伝兵衛が叫び、俊介の上に覆いかぶさってきた。ひどく重く、はねのけられない。

「俊介どの」

仁八郎が伝兵衛をごろりと転がし、俊介を抱き起こした。

「ここもまずい。動きを読まれていました。またきっと狙ってまいりましょう」

仁八郎とともに俊介は、茂みを突き破って境内を出た。伝兵衛があわててついてくる。鉄砲の玉は追ってこなかったが、安心できない。また撃ってくるにちがいない。

俊介たちは神社から離れ、一町ほど先に見えている林を目指した。途中、精進川の支流とおぼしき三間ほどの流れがあった。ただ、橋がなかった。橋は、十五間ほど先に丸太でできたものが架かっている。水は澄んでおり、川魚がすいすいと行きかっているのが見える。

俊介たちが立ち止まるのを見計らったように、またもや鉄砲が放たれた。左手の丘からだ。仁八郎が俊介をかばおうとする。俊介は仁八郎に体当たりをかました。玉が俊介の肩先をかすめていった。

俊介に体をぶつけられた仁八郎が川に落ちていった。小柄な体の割に、盛大に水しぶきが上がる。

「仁八郎っ」

俊介は両刀を抜き取って岸に置くや、流れに飛び込んだ。仁八郎は泳げないのだ。

「若殿っ」

伝兵衛の声が追ってきた。俊介は振り返り、すぐさま命じた。

「爺はそこにおれ」

俊介は泳ぎはじめた。水練は得意だ。着物を着たままで泳ぐ技も身につけている。

仁八郎は水をかき、足を必死に動かしていたが、ただそれはもがき、あがいているだけで、泳げてはいない。このまま放っておけば、いずれ沈んでいってしまうだろう。

俊介は仁八郎のうしろから慎重に近づいていった。

「仁八郎」

呼びかけたが、仁八郎には声は届いていない。手足を、がむしゃらに動かしているだけである。もう相当、水を飲んでいるのではないか。

「仁八郎っ」

俊介は怒鳴るように呼び、うしろから抱き締めた。体を抱え込まれて、仁八郎が驚き、あらがうように手足を動かしはじめた。あまりに力が強く、俊介は仁八郎から腕が抜けそうになった。

「仁八郎っ、俺だ。俊介だ」

だが、仁八郎は荒々しく体をねじり、いやいやをするように激しく首を振る。このままでは、とても助けることなどできない。

「許せ」

俊介は仁八郎の首筋に手刀を見舞った。がくりと首が落ち、仁八郎の全身から力が抜けた。ゆらりと水面に横になる。剣の達人といえども、溺(おぼ)れる恐怖には勝てず、これほど隙だらけになってしまうものなのだ。

俊介は仁八郎の顎に手を添え、仰向(あおむ)けにして岸に寄せていった。このときも、撃たれるのではないかという恐怖があったが、俺に玉は当たらぬ、と心を落ち着けて、仁八郎を助けることのみを考えた。

岸から伝兵衛が身を乗り出し、腕を伸ばしてきた。筋張った手が、仁八郎の襟首をがっちりとつかむ。

仁八郎はまだ気絶したままで、相当重いはずだが、伝兵衛は年を感じさせないがんばりを見せた。仁八郎の体が力強く持ち上げられ、岸辺にそっと横たえられた。

流れに体を浸(つ)からせたまま、俊介はあたりをうかがった。今の自分を狙い撃てる場所が近くになさそうなのを見て取った。手を伸ばすと、伝兵衛がしかと握ってきた。

俊介は軽々と岸に上がることができた。といっても、さすがに疲れ切り、草の上に大の字になりたい気分だ。

気力を奮い起こして俊介は、仁八郎を背後から抱き起こし、大木の陰に運んだ。ここなら鉄砲に撃たれる心配はあるまい。

仁八郎に活を入れた。仁八郎はすぐに目を覚まし、驚いたようにきょろきょろと顔を動かした。俊介に目をとめる。

「それがしは生きているのですね」

「ああ、俊介どのがお助けになった」

あたりの気配をうかがいつつ伝兵衛が伝えると、仁八郎がいきなり咳き込んだ。ごほっごほっと水がしぶきとなって口を飛び出る。大丈夫か、と俊介は優しく背中をさすった。

咳が鎮まると、仁八郎が申し訳なさそうな顔つきになった。

「それがしは俊介どのを守る役目なのに、逆に助けられるとは……」

「気にするな」

俊介は濡れた肩を叩いた。

「お互いさまだ。長旅だからな、助け合わねばならぬ。怪我はないか」

仁八郎が自らの体を見下ろす。

「はい、ありませぬ」

「飲んだ水は吐き出したようだな」

「はい、すべて」

仁八郎がはっとし、顔を上げた。

「賊は」

「どうやら逃げ去ったようだ。おそらく玉がなくなったのであろう」

「三発撃ってきましたね」

その通りだ、といって俊介は仁八郎の顔をしげしげと見た。

「だが、どうやら用意していたのは、そこまでだったようだ」

「俊介どの、お怪我は」

「ない」

仁八郎が俊介を見る。

「ずぶ濡れですね」

「そなたもだ」

息も絶え絶えだったが、俊介と仁八郎は笑い合った。

「駆けてきた子犬は、賊の策略だったのでございますね」

「犬が好きならしゃがみ込んで抱き止めようし、嫌いなら子犬といえどもあわてて道脇にどこう。仁八郎がどちらであろうと、賊にとってはかまわなかった」

「それがしが不用意にしゃがみこんだせいで、俊介どのの姿が先目当のなかにくっきりと映り込んだのでございますね」

「うむ。そこまでは、賊の計算した通りだった。だが、伝兵衛の犬並みの鼻までは計算できていなかったのだな。伝兵衛は強い風のなかに火縄のかすかなにおいを嗅ぎ取り、俺をかばおうと抱きついてきた」

俊介は、額を流れ落ちてきたしずくを手の甲で払った。

「もし伝兵衛が身を挺してくれなかったら、俺の心の臓を狙って賊は鉄砲を放っていたはずだ。だが、そのままでは伝兵衛に玉が当たりかねず、賊は俺の頭を狙わざるを得なくなった。そのために的が小さくなり、さらに急な動きを求められたこともあって、筒先もわずかにぶれ、玉は俺のぎりぎりをかすめていくことになった」

仁八郎が納得した顔になった。

「そういうことでございましたか」

「俊介どの、お着替えをなされませ」

俊介と仁八郎が話をしているあいだに取ってきたようで、伝兵衛が俊介たちの振り分け荷物を持ってきていた。俊介の大小も手にしている。

「仁八郎も着替えよ」

伝兵衛がうながす。

振り分け荷物のなかに、俊介たちの着替えは入っている。まずはきれいな手ぬぐいを取り出し、体をふき清めた。

川の水が澄んでいるために、着物はいやなにおいを発していない。これなら、洗い張りの必要はあるまい。乾かすだけで、すぐに着られるようになろう。

「仁八郎、刀の手入れを忘れぬようにな。錆(さ)びついてしまうぞ」

伝兵衛が忠告する。

「ああ、さようでしたね。いざというとき、抜けぬでは俊介どのの警固役はつとまりませぬな」

仁八郎が刀を抜いた。びしょ濡れである。懐紙で仁八郎がふきはじめた。

「とりあえず、ここまででよいでしょう。あとは今宵(こよい)の宿で仕上げをします」

脇差の水もぬぐい、鞘(さや)にしまい入れた。両刀を腰に帯びた仁八郎があたりの気配をうかがう。

「狙っている者はいないようです。俊介どの、次からはどんなときでも油断しませぬゆえ、安心してくだされ」

「うむ、仁八郎、任せたぞ」

俊介たちは再び熱田へと向かいはじめた。

相変わらず俺は運がよい、と足を運びつつ俊介は思った。伝兵衛の活躍もあったが、やはりご先祖がお守りくださっているとしか思えぬ。

それは、俊介のなかですでに確信となっている。

四

熱田に着くや、俊介たちは蟹江屋について調べはじめた。

材木を主に扱っているが、十艘近い船を持ち、自ら船主となって他の商家からの荷を、日本各地に運ぶことも盛んに行っている。

木曽川や長良川、揖斐川という木曽三川の水運にも深く関わっている。奉公人は百人ほどらしいが、水夫や人足も合わせれば、五百人を優に超えるのではないか。

熱田湊にいくつもの蔵を持っていることも知れた。そのどこかに、おきみたちが隠されているかもしれぬと思うと、俊介はいても立ってもいられなくなる。

それは仁八郎と伝兵衛も同様のようだ。

「俊介どの、蟹江屋をどうご覧になりますか」

熱田の町のやや奥まったところにある店に厳しい目を当てて、仁八郎がきいてきた。

俊介たちは今、旅人たちに食事をさせる一膳飯屋に入り、連子窓越しに蟹江屋を眺めている。距離は半町もない。人の出入りはよく見える。

店では大勢の者が働いている。あれだけの人を雇っているのは、すごいことだと思う。あの繁盛している店が、本当に悪事に手を染めているのか。

悪行をはたらいているから、店が大きくなったといういい方もできる。

実際、蟹江屋は驚くような老舗ではない。当主である建左衛門が父親の跡を継いだ途端、売上を伸ばし、店はあっという間に大きくなっていった。小さな店をいくつも取り込み、奉公人もそのまま雇い続けるという手法を用い、蟹江屋は肥え太っていったのである。

建左衛門が当主となって、二十年ばかりのあいだで、尾張でも屈指の大店となった。建左衛門は要所には決して金をおしまず、ばらまくように使った。尾張家の御用商人として、家中の要人たちのあいだでは相当評判がよいという噂を俊介たちは耳にした。要人だけでなく、熱田の町奉行所や船番所にも鼻薬を嗅がせているのだろう。

「怪しいとは思う」

俊介は仁八郎に答えた。

「それがしもそう思います」

仁八郎が深く顎を引く。

腹ごしらえはこの一膳飯屋ですでにすませ、代金も払ってある。俊介たちはいつでも動ける態勢をととのえていた。

「俊介どの、いかがなさいますか」

伝兵衛が目をぎらつかせてきいてきた。声だけは低くしている。

「あるじの建左衛門を吐かせますか」

これは仁八郎がいった。

「危急のときでござる。俊介どの、ご決断を」

伝兵衛が厳しい顔で急かす。俊介は冷静に二人を見返した。

「伝兵衛と仁八郎は、おきみをかどわかしたのは、あの店の者と思うか」

二人とも深いうなずきを見せた。仁八郎が口をひらく。

「麟吉を見つけられればよかったのですが、どうも店にはおらぬようです」

麟吉の特徴は杢兵衛から聞いて、わかっている。左の目尻に目立つほくろがあるとのことだ。

俊介どの、と静かに呼んで伝兵衛が店をにらみつける。

「あとは主人を引っ捕らえ、おきみの居場所を吐かせるしか手立てはござらぬぞ」

「伝兵衛、どのような方法を用いて建左衛門を捕らえるのだ」

伝兵衛が俊介を見つめる。迫力ある光が瞳にたたえられている。

「建左衛門の妾宅は、調べがついてござる。そこに押し入り、建左衛門を引っ捕らえればよろしゅうござろう」

「ふむ、妾宅か」

熱田の東に位置する豆田という地に広壮な家を構え、建左衛門が妾を囲っているのは、すでにわかっている。実際、俊介たちは下見もしていた。建左衛門は今も店から出ていないようだが、それにもかかわらずお世辞にも人相がいいとはいえない連中が、妾宅のまわりをうろついていた。用心棒らしい者も何人か目についた。あの物々しい警戒ぶりは、おそらく今宵、建左衛門が妾宅を訪れるからにちがいない。妙な者が妾宅に近づかないよう、目を光らせているのであろう。

俊介は大きく息をついた。

「あまり手荒な真似はしたくないが」

「しかし俊介どの、そのような悠長なことをおっしゃっている場合ではござらぬぞ」

伝兵衛が声を励ます。

俊介は目を閉じ、沈思した。弥八からは相変わらずつなぎはない。熱田の主立った商家に忍び込みを敢行し、その後、消息が途絶えたのである。

どこに忍び込むか、弥八は俊介たちに告げはしなかったが、まちがいなく蟹江屋も標的のなかに入っていただろう。

建左衛門の妾宅のまわりにいた人相の悪い連中のことを、俊介は思い起こした。非道な行いをして命の危険があるからこそ、建左衛門はあの手の者を雇っているのだろう。

だが、おきみをかどわかしたという証拠はまだ見つかっていない。証拠もなしに妾宅に押し入り、無理に白状させてよいものか。もし建左衛門がおきみのかどわかしに関わっていなかったら、どうするのか。無実の者に手荒な真似をしておいて、謝ってすむことではあるまい。

父上ならどうされるだろうか。証拠をつかむまでお待ちになるだろうか。

父の幸貫は、むろん果断な面も持っている。温厚な顔だけを見ていると、証拠もなしに押し込むなどという乱暴なことはしそうにないが、果たしてどうだろうか。真田の血を引いている以上、やるときはやるだろうか。

辰之助ならどういうだろうか。

目を閉じている俊介の脳裏に、辰之助の顔が浮かんできた。なにもいわず、黙ってこちらを見つめている。

また辰之助に会いたくてならないが、その願いは決してかなえられることはない。

後悔されぬように、という言葉がするりと頭に入り込んできた。それで辰之助の面影は消えた。

俊介は目をあけた。後悔せぬとなると、どちらだろうか。証拠をつかんでから妾宅に押し入るか、証拠はつかめないまでも押し込み、白状させるか。

もし後悔するとしたら、おきみたちをかどわかしていない建左衛門に手荒な真似をすることより、手をこまねいているあいだにおきみが遠くに連れ去られ、二度と会えなくなってしまうことであろう。

辰之助、承知した。

俊介はかっと目を見ひらいた。

仁八郎と伝兵衛が、期待の籠もった顔つきでのぞきこんでいる。

五

ついに呼び出しがあった。

いよいよ若殿を殺すときがきたのか。

高本百太夫の背筋に震えが走る。これが武者震いというやつだろう。

ということは、この俺が真田家の剣術指南役になるときが近づいてきたということだ。

やってやるぞ。

決意を新たに、百太夫は使いの若い男のうしろを悠々とした足取りでついていった。

着いたのは、熱田の東に当たる集落だった。両側から木々が迫る細い道を進むと、不意に視界がひらけ、丘を背負うようにした広壮な家が目に飛び込んできた。

破風(はふ)のついた門のそばには、目つきの悪い男たちが大勢たむろしていた。用心棒らしい者も何人か顔をそろえ、百太夫を粘るような目で見つめていた。

ぐるりには、一丈ほどの高さがある塀がめぐっている。これだけの塀はなかなか越えられないのに、ごていねいなことに、忍び返しまで設けられている。

百太夫は門をくぐり、敷地に入った。よく手入れのされた草木や、ずらりと並んだ盆栽を眺めるのは心楽しいことだったが、じっくりと鑑賞している暇はなかった。すぐに戸口から座敷に招き入れられたからだ。

百太夫は畳にあぐらをかいた。茶が出されたので、遠慮なく喫した。ここまで案内してきた若い男がここで姿を消した。

襖の向こうに人の気配が立った。百太夫は湯飲みを茶托に戻した。襖が音もなくあく。

予期した通りの人物が立っていた。襖越しにも、異様な迫力が伝わってきていた。

「よく来た」

向かいに、似鳥幹之丞がどかりと腰を下ろした。

「おぬしの出番がきたぞ」

百太夫はうなずいた。

「待ちかねていた。あまりに長いこと呼ばれぬゆえ、もう俺の用は終わってしまったのかと思っていた」

幹之丞がゆがんだ口元に笑みを浮かべる。そうすると、下卑（げび）た感じが強まった。百太夫はなんとなく見ていられず、目をそらした。

「この家の持ち主は蟹江屋建左衛門というが、このまわりに人相の悪い者どもを配したり、蟹江屋の悪い噂を流したりしたにもかかわらず、なかなか食いついてくれぬで、ちと往生したのだ。ようやくやつはここにやってくるつもりになったようだ。盛んに蟹江屋のことを調べていたしな」

「若殿はここに来るのか」

「そうだ。供の二人も連れてくるだろう」

「いつ来る」

「夜だろう」

「なにをしに」

「建左衛門におきみという娘をどこに隠しているのか、吐かせに来るのだろう」

「餌（えさ）とするために、おぬしがおきみという娘をさらったのか」

百太夫は、中山道の茶店で顔を見た女の子を思い出した。

「ちがう。おきみがさらわれたのはたまたまだ。それを俺が利用させてもらう気になっただけだ」

そうか、と百太夫はいった。

「蟹江屋というのは、阿漕な真似をしているのだな。もっとも、剣術指南役になるために若殿を殺そうとしている俺も同様だが」

「俊介はおきみを救うために来るのだな。俊介が倒されたら、おきみはどうなる」

「のし上がってゆく者は、皆、阿漕な真似をしておる。世の中とはそういうものだ」

「そのまま売られるのであろう」

幹之丞がぎろりと目玉を動かし、百太夫をじろりと見る。

「まさか鋭鋒(えいほう)が鈍るというようなことはあるまいな」

百太夫は真顔で断じた。

「あり得ぬ。俺は出世せねばならぬ。たかがおなごくらいのことで、心が揺れるようなことはない」

幹之丞がにやりとする。

「それを聞いて安堵(あんど)した」

「蟹江屋はこの家にいるのか」

「いや、まだ熱田の店にいる。だが、じき店を出てやってこよう」

「蟹江屋は、若殿たちが狙っていることを知っているのだな」

「俺が話したゆえ」

百太夫は幹之丞を見つめた。

「危険を承知で来るというのだな。おぬしとどんな関わりがある」

「さしたる関わりはない。俺が世話になっていたやくざ者と建左衛門が知り合いなのだ。やくざ者は峨太郎といって、江戸で相当の勢威を誇っている」

「蟹江屋は江戸でも商売をしているのだな。そのときいろいろあって、その峨太郎という親分に世話になったということか」

「その通りだろう。建左衛門にしてみれば、俺を手厚く遇することは、峨太郎への恩返しになる。峨太郎にはまだまだこれから世話になるだろうし」

そういうことか、と百太夫はいった。

「まだ夜まで間があるが、俺はそれまでなにをしていればよい」

「なにもせずともよい。部屋をやるゆえ、英気を養っていてくれ」

百太夫は西向きの部屋に連れていかれた。じき夕暮れということで、西日が入り込み、部屋は明るさに満ちていた。そんなに暑くはない。むしろ涼しいくらいで、気持ちが晴れ晴れとする。

仁八郎を若殿から引きはがす策は考えずともよいようだな。

ほっとして百太夫は畳に横になった。知らずため息が漏れる。これだけの心地よさというのは、なかなか得られるものではない。

金がかけられている家というのは、やはりなにもかもがちがう。

剣術指南役になれば、こういう家を手に入れることも必ずできよう。

これまでの惨めな暮らしとは、今日でおさらばということだ。

茶店で見かけたおきみの顔がちらりと浮かんだが、百太夫はかぶりを振って面影を頭から追いだした。

六

夜のつくる波が高さを増し、ひたひたと豆田の地を包み込もうとしている。

刻限はすでに九つを回っている。先ほど、かすかに響いてきた鐘が知らせたばかりである。

目の前に建左衛門の妾宅がある。日が暮れる前に蟹江屋のあるじは駕籠に乗り込み、この妾宅にやってきた。前後を数人の用心棒がかためた駕籠は、まだ日のあるうちにここに着いたのである。さすがに往来にはまだ多くの人がおり、そのときに建左衛門をさらおうとは俊介たちも考えなかった。

「行くぞ」

俊介は伝兵衛と仁八郎に告げた。

「もうほとんどの者が寝入ったようだ」

「そのようですね」

仁八郎が認める。

「ただ、ちといやな気配がしています」

「いやな気配というと」

「似鳥幹之丞に通ずるものです」

俊介は眉根を寄せた。

「やつがここにいるというのか」

「わかりませぬ。ただ、気配が似通っているような気がするのです」

「もしやつがいるのなら、なおさら行かねばならぬ」

俊介は気迫をみなぎらせた。

「俊介どの、あまり熱くなられぬように」

仁八郎が注意する。

「そうだったな」

俊介は冷静さをすぐに取り戻した。気持ちを高ぶらせるわけにはいかない。相手にここにいると教えるようなものだ。

「よし、行こう」

俊介はいい、ずっと身を隠していた茂みを出た。風がかなり冷たく、頬がひんやりとする。どうしてか、地面がひどく固く感じられる。こんなことは初めてだ。足が緊張しているのかもしれない。塀が近づいてきた。一丈の高さがあり、越えるのは容易なことではない。

だが、仁八郎には自信があるようだ。刀を塀に立てかけ、ひらりと鍔に右足をのせた。手を伸ばしても、まだ塀の上に届かない。しかもそこには忍び返しがある。

仁八郎が右足だけで跳躍した。体が浮き上がり、忍び返しも難なく越えていった。塀の向こう側に着地したはずだが、まったく音が立たなかった。弥八にも目をみはらされるが、仁八郎はそれ以上ではないか。もしや皆川家も、もとは忍びの一族なのだろうか。

門のくぐり戸があいた。俊介と伝兵衛は、なかに入った。

この闇の向こうに似鳥幹之丞がいるかもしれぬと思うと、気持ちがどうしても高ぶってしまう。俊介は無理に抑え込みつつ、仁八郎のあとに続いた。

背後には伝兵衛がいる。目はぎらつかせているが、冷静さは保っているようだ。このあたりは伊達に年を取っていない証であろう。伝兵衛は、これまで俊介の知らない経験を積んできている。それがいま役に立っている。

建左衛門は妾とどこで寝ているのか。家のなかで最もよい場所だろう。となると、庭を眺められる部屋にちがいない。

俊介たちは表側の庭に回り込んだ。濡縁がついている部屋がある。雨戸が閉まっていた。

俊介はなかの気配を嗅いだ。人がいるのはなんとかわかる。眠っているのか、起きているのかはわからない。

仁八郎もじっと家のなかに注意を傾けていた。暗闇のなか、俊介を見た。

「行くか」

俊介は唇の形をつくってきいた。

「まいりましょう」

仁八郎が答え、雨戸の前に立った。刀を抜き、無言の気合を込めて、上段から一気に振り下ろした。

電光一閃、雨戸が両断され、こちら側に倒れてきた。ほとんど音は立たない。俊介たちはそれを受け止め、静かに横に置いた。

俊介たちは濡縁に上がった。廊下が左右に走り、その奥には閉じられた腰高障子がぼんやりと白さを浮かべていた。

仁八郎が腰高障子をあける。八畳の座敷である。だが、そこに人はいなかった。次の部屋との仕切りは襖だ。仁八郎が八畳間に入り、そのあとに俊介と伝兵衛が続こうとした。

そのとき、背後から殺気が襲ってきた。伝兵衛が振り向き、刀を引き抜いた。だが、もう真っ黒な影は俊介の間近まで突っ込んできていた。

俊介は咄嗟に脇差を抜き、影が斜めに振り下ろしてきた刀を弾き上げた。鉄同士のぶつかる音が響き、火花が散った。

刀を抜いていたら、斬られていた。身の短い脇差だから、ぎりぎりで間に合った。忍び込んだのを気づかれていたな、と俊介は思った。いや、そうではない。はなから待ち構えられていた。ここに俊介たちが来ることを、建左衛門たちは覚っていたのだ。

仁八郎も戦いはじめていた。襖を蹴倒し、用心棒たちが殺到してきたのだ。

仁八郎の相手は五人である。狭い室内だけに敵の五人は自由に動けない。仁八郎は余裕を持って刀を振っていた。どうやら、五人のなかに仁八郎に伍するだけの腕を持つ者はいないようだ。仁八郎は俊介を気にしているようだが、さすがに五人を相手では俊介のもとに駆けつけるのは無理のようだ。

つまり、仁八郎が相手にしている五人は、仁八郎を俊介から引き離す役目を負っているということだ。峨太郎一家との出入りの際、仁八郎が幹之丞を引きつけて、味方に手出しをさせなかったのと同じやり方である。

伝兵衛も俊介の背後で、二人の敵とやり合っている。刀が打ち合わされる音が続けざまに響く。伝兵衛がやられはしないかとはらはらするが、今はそれぞれが自分の面倒を見るしかない。

俊介は目の前の敵と脇差で激しく戦った。敵は頭巾（ずきん）を深くかぶっている。顔を見られたくないのは、どこかで会っているからか。

相手はすさまじい腕をしている。俊介は攻勢に移ることなどできない。それに、なにか妙な気配を発している。なにかを狙っているのではないか。そんな気がする。秘剣を持っており、それを使う機会を虎視眈々（こしたんたん）と狙っている。そんな感じだ。いったいどんな剣を遣うつもりなのか。俊介は脇差で相手の斬撃を防ぎつつ、深い興味を抱いた。

相手は俊介を、廊下から別の場所に引きずり出そうとしている。敵に合わせる形で、俊介は廊下から庭に出た。敵はここで腰を据えて戦いはじめた。秘剣を用いる場として、広いところを望んでいるということか。

俊介はどんな剣を繰り出してくるのか、注意深く相手の動きを見守った。脇差で防ぎきれるのか。刀を抜いたほうがよいのではないか。だが、相手の攻めは息つく暇もなく、刀は抜けない。

俊介はひたすら相手の攻勢に耐えた。だが、息が続かなくなってきた。腕がしびれ、足がだるくなってきた。腰も重い。

そんな俊介の様子を、相手は頭巾のなかからじっとうかがっていた。そろそろ秘剣を見舞うつもりでいるのではないか。俊介は脇差を激しく動かしながら、ひそかに身構えた。

敵が下段から刀を振り上げてきた。これまでなかったことで、これが秘剣なのか、と俊介は目を凝らした。刀はどのように変化するのか。

だが、俊介の顎をかすめるようにして、刀は頭上を目指して通り過ぎていっただけだ。俊介は上から振り下ろされる斬撃を予期して、脇差を構え直した。直後、瞠目（どうもく）することになった。

敵の姿が消えていた。はっと上を見た。頭上にいるのは刀だけではなかった。敵も宙に跳び上がっていた。人離れした跳躍力である。そこから刀を思い切り、振り下ろしてきた。存分に体の重みがのった斬撃である。

その威力はすさまじく、俊介の脇差は枯れ枝のように真っ二つに叩き折られた。幸貫からもらった大事な脇差だったが、今はそんなことを考えている場合ではなかった。

敵の刀が頭めがけて落ちてくる。

俊介はさっと横に逃れた。空（くう）を切った刀がぶんとうなりを発して追ってきた。俊介は体を縮めることで、次の斬撃をかろうじてかわした。立ち上がり、さっと刀を抜いた。

そのときには、またも相手は宙に飛んでいた。俊介は刀を振り上げて両断しようとしたが、相手は身をひねってそれをよけ、再び体の重みをのせた斬撃を繰り出してきた。

刀で受けたら叩き折られるのは、明白である。俊介は横に跳び、敵が着地するのを待ち受けた。だが、敵は宙に舞い上がったまま、右手一本で俊介の顔面に斬撃を浴びせてきた。

俊介は体をのけぞらして避けようとしたが、敵の刀は鎌首をもたげた蛇のようにもうひと伸びした。かわすことはかなわず、俊介は刀でその斬撃を受けたが、強烈な打撃が全身を襲った。特に上体への衝撃が強く、手にしびれが走り、両肩が激しく揺さぶられた。刀は折れはしなかったものの、俊介の手から離れ、地面にがしゃりと音を立てて落ちた。

右手一本の斬撃なのに、これだけの威力を秘めている。どれだけの稽古を積めば、この域に達することができるのか。

俊介はすぐさま刀を拾おうとしたが、敵はそれを許さなかった。大気を裂いて刀が頭上から一気に迫ってきた。視野が刃（やいば）で一杯になる。俊介ははね跳んで、なんとかよけた。

自分の刀から二間ほども離れた。もう手の届くところではない。

どうすればいい。俊介は頭をひねったが、いい考えは浮かばない。

仁八郎と伝兵衛は、それぞれの敵を相手にしている。伝兵衛は二人を相手にして、苦戦している。敵の刀をはね上げ、かわすのが精一杯で、俊介のもとに駆けつける余裕などない。息も絶え絶えであろう。伝兵衛、死んでくれるなよ、と俊介は祈った。

仁八郎は俊介の危機を見て取っているようだが、五人の敵の連係が取れた動きの前に、華麗な剣さばきを封じられている。

五人の敵は、仁八郎に自由な動きをさせないことだけを考え、戦っているようだ。仁八郎は敵の術中にはまっていた。

幹之丞が近くにいるのではないか。このやり方は、仁八郎に対する意趣返しであろう。

幹之丞はまちがいなくそばにいる。俊介にとどめを刺すときを狙い、凝視しているのではあるまいか。

俊介は幹之丞の居場所を暴き出したくてならなかったが、今は次々に迫り来る斬撃をひたすらかわし続けることしかできなかった。うしろに下がり、横に動き、斜めに飛び、前に体を投げ出した。ただただその動きを繰り返した。

だが、徐々に追い詰められてゆく。得物を持たない者など、いくら敏捷に動こうとも、これだけの手練の前では手負いの子鹿に等しい。逃げ場が封じられたら、もはやどうすることもできない。そのことを敵はよく知っていた。

俊介は、ついに塀際に追い詰められた。高さは一丈もあり、忍び返しが設けられている塀である。越えようとしているあいだに、据物（すえもの）も同然に斬られてしまうだろう。

敵は顎のところに手を突っ込み、頭巾を持ち上げて、大きく息を吐き出した。

「苦労させられた」

その声に、俊介は聞き覚えがあった。むっ、と敵を見直したとき、なにか白くぼうっとした物が視野の端に入り込んだ。あれは、と俊介は顔色を変えることなく思った。敵に目を据える。

「茶店で会うたな」

「ほう、物覚えはさすがによいな」

「顔を見せよ」

「よかろう」

敵が頭巾を取った。眉が太く、鼻が高い。目には厳しさが宿っている。まさしく馬籠の手前の茶店で会った侍である。

「どうしてあのとき襲わなかった」

「白昼堂々殺るのはさすがに無理があろう。しかも、皆川仁八郎という遣い手がそばを離れぬ」

俊介の視野に、その仁八郎の姿が映り込んだ。戦いつつ庭に出てきたのだ。以前、やくざの出入りに加わったときと同じで、俊介は眼前の敵と対しているのにまわりのことがはっきり見えているのである。

いまだに仁八郎は五人の敵を料れずにいる。焦りが新たな焦りを呼んで、敵の思う壺にはまっているのだ。

「どうして俺を狙う」

「ちと、わけがあってな。うらみなどないが、死んでもらう」

「そなた、何者だ」

「いうと思うか」

「誰に頼まれた」

侍が冷たい目で俊介を見る。

「ときを稼ごうとしているのか。無駄なことだ。やめておけ」

「どうして狙われなければならぬか、知りたいだけだ」

「あの世に行けば、すぐに知れる。わが空飛剣(くうひけん)によう耐えた。褒めてつかわす」

侍が刀を振り上げる。

「死ねっ」

振り下ろされた。俊介はさっと横に跳んだ。草むらの白い物をつかむ。侍が胴に払った刀をぎりぎりで避けてから、俊介は手のうちのものを棒手裏剣のように飛ばした。どす、と鈍い音がした。刀を振り上げようとした侍の動きが、ぴたりと止まっている。刀が頭の上で静止していた。

信じられぬという顔で、侍が自らの胸を見つめていた。刃が突き刺さっている。侍の斬撃に叩き折られた脇差の身の部分である。塀際の草むらに飛ばされていたのだ。侍が、力尽きたように、がくりと両膝を地面についた。あきらめの色が瞳にある。刀をゆるゆると持ち上げ、静かに首に添えた。

「やめろっ」

俊介は叫び、飛びかかろうとしたが、侍のほうが早かった。ぐっと手のひらで刀を押し込んだのだ。刃が首のなかに沈み、ぶつ、といやな音がした。

少しでも力が残っているうちにといわんばかりに、侍が刀を下に引く。堰(せき)を切った大水のごとく、血が勢いよく噴き上がった。安堵したように目を閉じ、侍が前のめりに倒れた。首筋から血はまだ激しく出続けており、血だまりが体の横にできてゆく。

鉄錆のような生臭いにおいが立ちこめ、あたりの大気が急に重さを増した。

俊介は、右の手のひらに痛みを覚えた。見ると、切り傷があった。脇差の身を投げたとき、切ったものであろう。

まだ戦いは続いている。俊介が目を向けたとき、ちょうど仁八郎が五人の連係を破ることに成功したところだった。一人の左肩を傷つけ、背後に退かせたのである。

一人が離脱したことで、残りの四人の動きは格段に鈍くなった。仁八郎の剣は勢いを増し、四人を追いまくりはじめた。

もはやかなわぬと見たか、四人のうちの二人が傷ついた一人に肩を貸し、三人で引きはじめた。それに気づいた残りの二人がしんがりをつとめ、仁八郎と戦いつつ、徐々に下がりだした。

あれならもう大丈夫だろう、敵は戦意を失ったと俊介は伝兵衛に目を移した。

伝兵衛と二人の敵も庭に出てきていた。伝兵衛は汗みどろになって戦い続けていた。どこにも怪我は負っていないようだ。そのことに俊介はほっとした。

相手にしている二人が驚くような腕でないにしろ、六十八という年を考えれば、伝兵衛はたいしたものだ。瞠目するしかない。

手にしているのは刀とはいえ、以前は家中一の槍遣い(やり)だったという腕前の片鱗(へんりん)を見せはじめていた。長く戦い続けて体は相当重くなっているはずで、足の運びも鋭さを欠いてはいるものの、相手の二人も似たようなものだ。

早く決着をつけさせなければならぬ。

伝兵衛の戦いぶりに目を奪われていた俊介はそのことに気づき、自刃したばかりの侍の手から刀を取り上げるや、助太刀に向かった。

「俊介どの、ご無用にござる」

伝兵衛が口をとがらせ、吠(ほ)える。俊介を目にした途端、急に声に元気が出て、足さばきに切れが戻った。斬撃にも勢いが宿っている。伝兵衛は猛然と二人を押しはじめた。

二人は伝兵衛の勢いにおびえたか、だっときびすを返した。もうそばに味方が一人もいないことを知り、あわてて闇へ走り出ていった。

「余計な真似を」

伝兵衛が俊介を見て、歯噛(はが)みする。激しく肩を上下させ、獣がうなるような息づかいをしているものの、目が炯々(けいけい)として、全身に生気がみなぎっている。

「俊介どのが助太刀などしなければ、やつらを捕らえることができたものを」

「すまぬ」

俊介は素直に謝った。

「いらぬことをした」

伝兵衛が刀を鞘におさめる。そのとき、ふらりとし、よたよたと横に動いたかと思うと、どすんと尻餅をついた。

「大丈夫か」

俊介は左手を差し伸べたが、伝兵衛は自力で立とうともがいた。だが、疲れ切った体は上がらず、赤子のように腕をじたばたさせたにすぎない。いまいましそうに俊介の手を借り、伝兵衛は立ち上がった。

「俊介どの、お怪我は」

なにごともなかったようにきく。

「うむ、大丈夫だ」

「どうして左手なのでござるか」

伝兵衛は俊介から刀を取り上げ、右手をひらかせた。

「怪我をされているではござらぬか」

「ちとしくじった」

「しかし、浅手でようござった。もう血は止まっているようでござるな」

伝兵衛が慈愛に満ちた目で俊介を見、手ぬぐいを裂いて手のひらにぐるぐる巻いた。

「あとは、ちゃんとした医者に手当をしていただきましょう。俊介どの、敵は倒したようでござるな」

「ああ」

俊介は言葉少なに答えた。自害とはいえ、人を手にかけたのは初めてだ。だが、戦国の昔に生きた先祖たちも同じだろう。采配を振るう身とはいえ、人を殺さずに生涯を終えた者など、いないのではあるまいか。

伝兵衛が、自害した侍を見つめている。

「――茶店で一緒になった者にござるな。俊介どの、見覚えは」

「いや、ない」

「そういう者がどうして俊介どのの命を狙ったのか。答えは一つ。誰かに依頼されたのでござろうの」

伝兵衛が見つめてきた。

「似鳥幹之丞の使嗾でござろう」

「ああ、紛れもない。やつはさっきまでそばにいた」

「えっ、まことにござるか」

「うむ。もうここにはいないようだが、手出しすることなく、この俺の戦いぶりをじっと見ていた」

むう、と伝兵衛が顔をゆがめる。

「相変わらず気味の悪い男でござるな」

唾を吐くような表情になったが、すぐに伝兵衛が冷静な顔つきに返った。

「――俊介どの、忘れぬうちにこの者の人相書を描いておいたほうがよろしゅうござる」

「大丈夫だ。決して忘れぬ」

逃げ去った敵を深追いすることなく、仁八郎が駆け戻ってきた。

「俊介どの、ご無事で」

満面に安堵の色を浮かべた。戦いの余韻をたっぷりと残しており、仁八郎は全身からめらめらと炎を噴き出している。その熱で、暑いくらいだ。戦いを終えたばかりの戦国の武者は、こんな感じではなかったのか、と思わせるに十分な迫力である。

「仁八郎もなにもなくてよかった」

俊介は流れ落ちる汗をぬぐった。

「俊介どの、お怪我は」

「ここだけだ」

右手を掲げてみせた。

「爺が手当をしてくれたゆえ、何の心配もいらぬ」

「俊介どの、それがしは伝兵衛にござるぞ」

俊介はにこりとした。

「今は爺と呼びたかった」

ふふ、と伝兵衛が笑う。

「まあ、たまにはよろしいか」

伝兵衛が頬をゆるめる。

その様子を仁八郎がにこにこと見ていた。小柄な体を包んでいた炎は、ようやく消えつつあるようだ。

その後、俊介たちは建左衛門の妾宅をくまなく見て回った。すでに全員が逃げ出し、妾宅はもぬけの殻だった。

「俊介どの」

仁八郎がめざとく見つけ、指をさす。

「あれは」

日当たりの悪い北側の一角に座敷牢が設けてあり、そこに一人の女の子がぽつねんと座り込んでいた。こちらに背を向けている。建左衛門たちが置き去りにしたのだ。

「おきみ」

走り寄った俊介は、がっちりと組まれた格子をつかんだ。

女の子がこちらをゆっくりと見る。その瞬間、落胆の衣が俊介を覆った。つぶらな瞳は似ているが、別人だった。俊介はすぐに思い直した。少なくとも、一人の娘を救い出せたではないか。仁八郎と伝兵衛が俊介の背後に立った。

「仁八郎。頼む」

「承知いたしました」

仁八郎が刀を抜く。女の子がおびえる。

「怖がらずともよい」

俊介は優しく声をかけた。

「そなたを助け出すためだ」

仁八郎が女の子ににこりとしてみせてから、袈裟懸け、逆袈裟と刀を二度ずつ、ひらめかせた。

格子はどこも切れているように見えなかったが、俊介がそっと押すと、四ヶ所がただの角材となってぽろりと畳に落ちた。一尺四方の穴があき、俊介はそこから手を伸ばした。

「さあ、おいで」

だが、女の子はじっと動かない。

「助けに来たのだ。本当に怖がらずともよいのだ」

女の子が背を向ける。

「そなた、名は」

答えない。

「俊介どの、連れ出しましょう」

仁八郎がいい、穴から身を入れようとした。俊介は首を振った。仁八郎が動きを止める。

俊介は女の子に語りはじめた。

「そなた、おきみという女の子を知らぬか。おじさんの大事な娘で、そなたと同じくらいの年頃だ。いや、血のつながりはないのだが、そなたと同じようにかどわかされて、今もどこかにいるのだ。おじさんたちはおきみを捜して、ここまでやってきた」

「……おきみちゃん」

初めて女の子が声を出した。か細くて頼りないが、女の子らしいかわいい声だ。こちらをちらっと見た。目がくりっとして、愛くるしい顔立ちをしている。

「そうだ、おきみだ。会っておらぬか」

女の子が首をひねる。

「会っているかもしれない。あたしと同じような年の子は、ほかに一人だったから」

「どこで会った」

女の子が悲しそうに目を落とす。今にも泣き出しそうだ。

「あれがどこだったのか、あたし、わからないの。思い出そうとしているの。でも、なにも思い出せないの。閉じ込められているあいだ、あたし悲しくて、なにも考えないようにしていたの。あんなに悲しいのに、どういうわけか、眠ってばかりいたの」

「そうか。もう大丈夫だ。家人のもとに帰れるぞ。だから、そんな顔をせずともよい。そなた、名は」

「……ひ、ひろ」

「おひろちゃんか。さあ、出ておいで」

おひろが意を決した顔になり、四つん這いになって格子に近づいてきた。俊介は手を貸し、座敷牢の外に出させた。おひろがいきなり顔を手で覆って泣きはじめた。

「怖かっただろう。心細かっただろう」

俊介は、小さな背中をさすった。

おひろが泣き止んでから、俊介たちは妾宅の外に連れ出した。夜のとばりは降りたままで、東の空を捜しても、夜明けの兆しなどまったく見当たらない。

「おひろ、家はどこだ」

俊介は問うた。それが引金になったように、いきなりおひろが駆けだした。止める間もなく、幼い影は闇に溶けていった。仁八郎が追おうとしたが、やめておけ、と俊介は制した。

「しかし——」

仁八郎が、無念そうにおひろの消えていった闇を見つめる。

「まだ俺たちが怖いのだ。信用できぬのも無理はあるまい」

「しかし、おきみちゃんにつながる話を聞けたかもしれませぬ」

「その通りだが、おひろに聞くよりも、もっと直截(ちょくせつ)な手がある」

行くぞ、といって俊介は手を振り、闇にすっぽりと包まれた道を歩き出した。

仁八郎がすかさず俊介の前に出て先導をはじめ、伝兵衛がうしろについた。

いつしか、二人は息が合い出している。

七

あの仁八郎ですら、俺がここにいることに気づかなかった。

ふっ、と似鳥幹之丞は小さく笑みを漏らした。ゆらりと大木の陰から出て、俊介たちが向かっていった方角を見やる。

どうやらあの三人は熱田を目指しているようだ。目当ては蟹江屋だろう。俊介は、建左衛門が店に逃げ込んだと見ているのではあるまいか。

幹之丞は、俊介たちとは反対側に歩き出した。腕組みをし、脳裏に俊介の戦いぶりを思い浮かべた。

案の定、高本百太夫は返り討ちにされた。あと一息というところまで俊介を追い詰めたが、そこまでだった。

あそこまで追い込んだのに討てなかったのは、俊介が大名の嫡男らしからぬしぶとさを身上としていることもあるが、やはり百太夫の剣に甘さがあったということだろう。

宙に舞い上がり、刀を思い切り振り下ろしてゆくというあの刀法は、受けようとする刀を叩き折り、相手を斬り殺すだけの威力を秘めていたが、最初の一撃目で屠(ほふ)れないと、動きが大きいだけに次からは避けられてしまうという短所があった。

百太夫が追い詰めたときにこの俺が出ていけば、俊介を殺せたかもしれぬ。

そうしなかったのは、まだこれから七人もの腕利きの刺客が送り込まれてくるからだ。今日でなくとも、俊介を殺す日は必ずやってくる。殺れるときに殺っておくのが兵法の常道であるが、楽しみは先々まで取っておいたほうがよい。

空腹を感じた。こんな夜中に飯を食わせるところが名古屋にあるのか知らなかったが、少し歩いたところで屋台の提灯(ちょうちん)を見つけた。きしめんを供していた。店じまいをはじめたところらしく、店主らしい男が提灯を消そうとしていた。

「一杯もらおう」

顔を突き出して、幹之丞は店主にいった。もう終わりですので、と店主は断りを入れたかったようだが、幹之丞の顔を見て、はっとした。あらためて口をひらき、はい、ただいま、と腰をかがめた。

鍋の火を落とす前だったようで、お待ちどおさま、とすぐにきしめんは出てきた。かまぼこと鰹節（かつおぶし）がのり、ほかほかと湯気が上がっている。平たい麺というのは名古屋に来て初めて食したが、鰹だしの利いたつゆとよく合っている。

最初は、誰がこんな妙な物をつくり出したのかと思ったが、食べ慣れてみると、うまい。やみつきになりそうだ。

幹之丞は満足して箸（はし）を置き、代を払った。そういえば、俊介との初めての出会いは夜鷹蕎麦（よたかそば）の屋台だった。

あのときは俊介の蕎麦切りを横取りし、しかも俺の分の代を払っておけといったが、俊介は払ったのだろうか。律儀な性格をしているから、罪のない蕎麦屋につけを負わせることはまずあるまい。

とにかく俊介はこの世から除く。

大目付（おおめつけ）の池部大膳（いけべたいぜん）に頼まれた以上、やるしかない。大膳には恩がある。つまらぬ恩だが、受けた恩を返すのが侍というものだろう。

八

熱田の町に戻り、蟹江屋の前に立った。

妾宅を逃げ出した建左衛門がここに帰ってきているか、俊介に確信はなかったが、ほかに行き場もないのではないか、という気がしている。

俊介は建左衛門を捕らえ、おきみの行方と幹之丞がどうして関わっているのか、白状させるつもりでいる。

蟹江屋は、闇のなかにひっそりとうずくまっていた。店のなかで人の気配がしているが、羽板（はいた）の取りつけられたがらり戸はがっちりと閉ざされ、あけられるのを拒んでいる。

俊介は仁八郎に目を当てた。仁八郎がうなずき、刀をすらりと抜く。がらり戸の前に立ち、刀を一閃させた。

「伝兵衛」

はっ、と答えて進み出た伝兵衛が、がらり戸を思い切り蹴りつける。戸が大風にやられたように吹っ飛んだ。仁八郎がそのまま肩を怒（いか）らせて踏み込んでゆく。

俊介もそのあとに続いた。伝兵衛がうしろにつく。

刀の柄に手を置いた仁八郎が風を切ってずんずんと進む。用心棒らしい者が次々に顔を見せるものの、誰一人として立ちはだかろうとしない。あらがう姿勢を見せることなく、すぐに引っ込んでゆく。

俊介たちはそのまま奥の座敷に来た。仁八郎が襖越しに気配を嗅ぐ。

「ここに建左衛門がいるようですね」

からりと襖をあけ放つ。

垂れて細い目が、こちらをおびえたように見ていた。太い眉は短く、頬が張り、耳がちんまりと小さい。薄い唇が、酷薄な性格をあらわしているように見える。夕刻、駕籠に乗り込んで妾宅に行ったところしか見ていないが、紛れもなく建左衛門である。

「な、なんですか」

布団の上で身を引き、建左衛門が引きつった顔を見せる。寝巻姿である。

「なにをとぼけたことをいっている」

仁八郎が刀を抜き、首に突きつける。ひっ、と建左衛門の顎が上がり、たるんだ喉があらわになった。

「命ばかりはお助けを」

「きさま次第だ」

仁八郎がこれ見よがしに刀を握り直す。

「おきみちゃんの行方だ。言え」

「なんのことでございましょう」

「とぼける気か」

「そんな、とぼけてなどおりません。本当になんのことか、わからないのでございます」

「殺すぞ」

「そうおっしゃっても、手前にはなんのことかさっぱりでございます」

「おなごたちをかどわかし、どこかに閉じ込めておるであろう」

「そのようなことをするはずがございません」

「妾宅にいたおひろというおなごはどうだ。かどわかしてきたのだろう」

「おひろなどというおなごは存じません」

仁八郎が俊介を見る。

「仕方ない」

ぼきぼきと指を折って、伝兵衛が出てきた。

「そこまでとぼけるのなら、ちと手荒な真似をせずばなるまいな」

伝兵衛を見る建左衛門の目が泳ぐ。

「まずは両手両足の爪をはぐか。それで駄目なら、次は耳をそぐ。それでも駄目なら、舌をちょん切る。いや、舌はいかんな。しゃべれなくなってしまう。目をくりぬくことにしよう。右目、左目、どちらが先がよい」

「や、やめてくだされ」

「うぬは、おきみ坊のことをしゃべる気はないのだろう。ならば、やめるわけにはいかぬ」

伝兵衛が脇差を抜き、しゃがみ込んだ。建左衛門の右足をぐっと力を込めてつかむ。

「まずこっちの爪だ。おぬし、どの指がよい。好きなところを選べ」

「後生でございます。ご勘弁ください」

「ふむ、選ぶ気はないようだの。ならば、それがしが選ぶとしよう。よし、中指がよいかな。ちょうど真ん中で爪をはぎやすそうだ」

伝兵衛が建左衛門の両足を膝でがっちりと押さえつけ、脇差を持ち直した。布団の上で建左衛門が身じろぎするが、足はまったく動かない。

伝兵衛がためらいなく、中指の爪に脇差の切っ先をこじ入れようとする。その淡々とした手際に俊介も、爺は本気でやるつもりではなかろうな、と疑ったほどだ。

「ま、待ってくれ」

建左衛門が手を上げた。

「言う。言うから、やめてくれ」

伝兵衛が脇差を中指に押し当てたままきく。

「どこだ。どこにおきみ坊はいる」

建左衛門が悔しげに唇を嚙む。

「案内する」

「よし、立て」

伝兵衛が顎をしゃくる。建左衛門は素直にしたがった。

「行くぞ」

伝兵衛が意気揚々といい、建左衛門の背中を脇差の柄頭(つかがしら)で押す。

俊介たちは裏口を目指した。奉公人や用心棒たちがそばにやってきていたが、行く手を阻もうとする者はいない。気持ち悪いくらいにおとなしい。

「おい、蟹江屋」

伝兵衛が押し殺した声をかける。

「妾宅にいたおひろという娘だが、どうして一人だけ座敷牢に入れられていたのだ」

「思い出した。そう、あれはうちの孫娘だ。いたずらばかりするので、入れておいた」

「そんないいわけを信ずると思うか」

伝兵衛が唾を吐くような顔つきになる。

「うぬ、年端のいかぬ娘に狼藉をはたらこうとしていたのではあるまいな」

「そ、そのようなことはせん」

建左衛門がいったが、言葉に力はなかった。

「この鬼畜めが」

伝兵衛が脇差を振り上げ、柄で殴りつけようとする。ひっ、と建左衛門が声を上げ、頭をかばう。

俊介はあえて止めはしなかったが、伝兵衛が脇差を静かに下ろした。建左衛門はこわごわと伝兵衛を見ていたが、殴られないのを知って、手を頭から外した。

俊介たちは、塀に設けられている裏口から外に出ようとした。それを仁八郎が止めた。近くで、水のにおいがする。塀の向こうを川が流れているようだ。

「なに者かいますね」

仁八郎が、塀の外の気配を嗅いでいう。俊介も感じ取っていた。大勢の者が狭い道にひしめき合っている。誰もが緊張している様子だが、殺気を放っているわけではない。

俊介は、どうして奉公人や用心棒たちがまったく戦う姿勢を見せなかったか、わけを解した。

「捕り手だろう。俺たちを押し込みにでも仕立てるつもりだ」

「捕り手というと、熱田の町奉行所の者たちでござるな」

俊介は、不敵にも薄笑いを浮かべている建左衛門を見つめた。

「この者は俺たちが店にやってくるのを予期し、いちはやく町奉行所に使いを走らせていたのであろう」

いきなり建左衛門が大声を上げた。

「押し込みでございます。どうか、お助けください」

御用、御用と声が発せられはじめた。同時に御用提灯や龕灯(がんどう)が灯(とも)されたようで、暁光が射したように塀の向こう側が明るくなった。

俊介は扉をあけ、顔をのぞかせた。御用の声が高まり、灯りが俊介の顔にいっせいに集まった。まぶしいくらいだ。それでも目の前に、二十人ばかりの捕り手がいるのが知れた。表側にも、少なくとも同様の人数が割かれているはずである。

俊介は同心らしい者が正面にいるのを見た。

「承知しているかもしれぬが、俺たちは押し込みなどではない」

冷静な声音で同心に告げた。

「蟹江屋の主人建左衛門がおなごのかどわかしに関わっているゆえ、話を聞きに来ただけだ。おなごたちの監禁場所に今から案内させるゆえ、そなたらも一緒に来たらよい」

「でたらめでございます」

背後で建左衛門が叫んだ。俊介は振り返った。建左衛門が必死の顔をしている。

「この者どもは押し込みでございます。早く捕らえてくださいませ」

「うるさい」

伝兵衛が脇差の柄頭で軽く殴りつける。

「ああ」

大仰な悲鳴を上げて、建左衛門が倒れ込む。

「なにをふざけたまねを」

伝兵衛がやおら、建左衛門の襟首をつかんだ。

「立て」

だが、建左衛門は気を失ったふりをやめようとしない。

「引っ捕らえよ」

同心が命じ、捕り手たちが裏口に殺到した。仁八郎が素早く扉を閉め、閂を下ろした。捕り手たちが扉を押し、ぎしぎしときしむ。

「いかがしますか」

仁八郎が扉を押さえてたずねる。

「捕り手どもを蹴散らしますか。さほど難儀なことではありませぬ」

俊介は、むずかしい顔をつくった。

「ここに籠城いたしましょう」

伝兵衛が、建左衛門の襟首を持つ手に力を込める。くびり殺したいと思っている顔だ。

「こやつが悪行をはたらいているのは、動かしようのない事実でござる。ここに籠もり、そのことを訴えれば、熱田の町奉行も聞く耳を持ちましょう」

俊介は、芝居っ気たっぷりに目を閉じてぐったりしている建左衛門を見つめた。

「ここは態勢をととのえることにする。いったん引くぞ」

「囲みは」

「突破する」

俊介は低い声で告げた。

「こやつはどういたしますか」

伝兵衛が、憎々しげな目を建左衛門にぶつける。裏口の扉は、仁八郎が必死に押さえている。今すぐに破られるということはなさそうだ。

「むろん連れてゆく。足手まといになるが、ここで解き放つわけにはいかぬ」

伝兵衛が建左衛門の耳にすっと口を近づけ、ささやきかける。

「聞こえたか」

びくんとし、建左衛門が目をあけた。伝兵衛が立ち上がらせる。建左衛門が気弱に瞬く。

「よいか。うぬを連れて、この場をあとにすることに決まった。覚悟しておけ」

伝兵衛が告げたとき、いきなり建左衛門が肘を振った。目にもとまらぬ速さで肘が伝兵衛のみぞおちに入った。

まともに当身を食らった伝兵衛がうっ、とうめき、腰を折る。

その隙に伝兵衛の手を逃れ、建左衛門が地を蹴って走り出した。

「待てっ」

俊介は追ったが、建左衛門の足は意外にも速い。差がひらくことはないが、縮まることもない。しかも店のなかに入られ、柱や襖などが行く手の邪魔をする。

おきみのことが頭にあり、あきらめきれない気持ちだったが、俊介は走るのをやめた。深追いしたところで捕らえられそうにない。

きびすを返した俊介は、足早に伝兵衛たちのもとに戻った。

まだ裏口は破られていない。捕り手たちは、どーん、どーんと丸太を打ちつけてきており、そのたびに扉が内側にたわむ。すでにいくつか穴もあいているが、仁八郎の守りは堅く、門はまだ生きている。

伝兵衛がなんとも申し訳なさそうな顔で、仁八郎の手助けをしている。俊介が手ぶらで戻ったのを見て、落胆の色を浮かべた。

「伝兵衛、気にするな」

俊介は力強くいった。

「建左衛門は、もう一度必ず捕らえる。この程度のことで腹を切るなどというな」

「しょ、承知いたしました」

伝兵衛が涙をこぼさんばかりの顔でうなずく。

「さて、この場を脱するぞ」

仁八郎、と俊介は低い声で呼んだ。

「扉をあけ放ち、捕り手を入れる。そして蹴散らす。手はこれしかあるまい」

扉を押さえつつ、仁八郎がにっとする。

「捕り手を蹴散らすとなると、本当にお尋ね者になりますが、よろしいので」

俊介はにこりと笑い返した。

「お尋ね者というのに、一度なってみたかったのだ」

その言葉を聞き、伝兵衛が感服したように俊介を見る。

仁八郎が顎を大きく動かした。

「わかりもうした。――では、あけます」

捕り手たちは、飽くことなく丸太を打ちつけている。

仁八郎が右足をひょいと振り上げた。蹴り上げられた閂が宙に浮き、それと同時に扉が破られた。

少し下がったところで刀を抜いて待ち受けた仁八郎が、六尺棒を手に突っ込んできた先頭の捕り手の顎を、刀の柄頭で殴りつけた。がつ、という音とともに引っ繰り返った捕り手は背中から地面に落ち、泡を吹いて気を失った。

仁八郎が、すかさず六尺棒を奪う。それを軽々と振り回し、殺到してきた捕り手の前に立ちはだかった。

俊介には小柄な体が仁王のように見えた。

仁八郎が六尺棒を振るうたびに、捕り手は次々に気を失ってゆく。

俊介と伝兵衛はなにもしなかった。仁八郎の働きを、ただ見ているだけでよかった。

瞬き十度ほどのときしか流れなかった。

十人ばかりがなすすべもなく倒れ伏しているのを目の当たりにした残りの捕り手たちは完全に戦意を失い、その場に立ちすくんでいる。

十手を手にした同心らしい者たちも、固まっている。目だけが、鳩のようにきょときょとと落ち着きなく動いていた。

仁八郎が額の汗を軽くぬぐい、俊介を振り返った。俊介はうなずき返した。

俊介たちは、地蔵のようにじっと動かずにいる捕り手たちを横目に、堂々とその場を去った。

案の定、裏口のそばを川が流れていた。

小舟が二艘、舫(もや)われている。

第四章　船上の仇

一

揺れている。

弥八は星空を眺めた。船の胴の間に設けられている牢（ろう）に、がっちりと縛め（いまし）をされて転がされていた。胴の間には屋根があるわけではないから、空がくっきり見える。斬られた左肩が痛い。血はとまっているようだ。幸い、深手（ふかで）ではなかった。

おきみは、仕切りのされた隣の牢にいる。先ほどまで弥八と話をしていたが、今は疲れて寝息を立てている。

おきみの牢には、ほかに娘が何人かいる。おきみを除いて六人である。年はおきみくらいの者から十七、八くらいまでだが、いずれもしおれた花のようにぐったりと横たわっている。

口は一人もきかない。目に生気はなく、誰もが無表情である。自らに訪れた運命を黙って受け容れるしかないと思っているのか、あきらめの色さえ浮かべていない。おきみたちの牢は広く、まだ余裕がある。これから新たな娘たちが送り込まれてくるということか。

今のところ、この船が湊を出る様子はない。ときおり娘たちをにやにやとした顔でのぞきこんでくるくらいのもので、水夫たちは落ち着いている。やはり、牢が一杯になるのを待っているのだろうか。

船が碇を下ろしているのは、熱田湊である。蟹江屋で捕らえられた弥八は、すぐさまこの船に連れてこられたのだ。

俊介たちは、と弥八は思った。今もおきみを捜し回っているだろう。この俺がこんなところで捕まっていると、果たして考えているだろうか。つなぎがまったくないことから、なにかあったのだろうとは思っているかもしれない。

おきみを助け出すと大言を吐いておきながらこんなざまをさらすなど、弥八は恥ずかしくてならない。なんとかこの船を脱出したいが、今はどうにもならない。俊介たちの助けを待つしかないようだ。

俊介の手助けができればよいと思って江戸を出てきたのに、逆に足手まといになってしまうとは、こんなに情けないことがあろうか。

くそう。頭をがんがんと柱にぶつけたい。だが、そんなことをしてもはじまらない。いろいろと考えることにもくたびれ、弥八は目を閉じた。肩が痛い。ずきずきと鈍い痛みが、鼓動とともに常に襲ってくる。

――しくじった。

不意に、蟹江屋に忍び入ったときのことを思い起こした。まさか、あの店で似鳥幹之丞が待ち構えているとは夢にも思わなかった。

それでも、あのとき無理にあらがおうとせず、おとしなく捕まったのは正しかったと思う。もしあそこで手向かっていたら、まちがいなく殺されていた。

こうしておきみに巡り合うことは、なかったのではあるまいか。おきみが無事でいることを、俊介たちに知らせたくてならないが、手立てはない。焦りだけが募る。今は湊を出る気配がないだけで、いつこの船が動き出すか、知れたものではない。

海へ出てしまえば、二度と俊介たちに会えないだろう。

なんとかしなければならない。

だが、どうにもならない。堂々巡りだ。

ぎし、と上のほうで板のきしむ音がした。その音が徐々に近づいてきた。誰かが階段を降りてきたのだ。影が胴の間に立った。がっちりとした体格の男である。

弥八は体を起こし、にらみつけた。

「ずいぶんと怖い顔をするな」

幹之丞が格子の前に立っていう。

「今にも噛みつきそうではないか。おぬし、肩は痛くないか」

「痛い。痛くて我慢ならん。ほどいてくれ」

幹之丞がおもしろそうに弥八を見やる。

「おぬし、忍びか」

「俺がそんな大仰な者であるものか」

「ならばなにを生業にしている」

弥八は答えない。

「戦国の昔、真田忍びという腕利きの忍者がいたらしいが、その末裔か」

「どうしてそう思う」

「おぬし、縄抜けができるのではないか。この目で見たわけではないが、用心のため肩を外して縛めをしているのだ」

この男に無理に両肩を外されたときは、激痛が走った。自分で外すと、さしたる痛みはない。この男はわざと手荒にやったのではないか。

「それだけでは、真田忍びの末裔ということにはならんな」

ふん、と幹之丞が鼻を鳴らす。

「真田と関わりがある者が、俊介という男のまわりに集まってきている。おぬしもその一人ではないかと思ったまでよ」

「きさまも真田家となにかあるのか」

「あるさ」

幹之丞が淡々とした口調で、真田との関わりを語った。初耳で、弥八は目をみはった。

「きさまの親父(おやじ)は、真田家の剣術指南役だったのか」

「へまを犯して、国を逃げ出したらしい」

「どんなへまだ」

「よくは知らぬ。女でのしくじりだろう。酔うたびに悔いていた」

「親父どのは悔いていたのか」

「そんなことはどうでもよかろう」

しゃべりすぎを覚(さと)ったか、口を閉じて幹之丞が弥八を見つめる。しばらくしてあらためてきいてきた。

「おぬし、真田忍びの末裔なのか」

「知るわけがない。興味もない」

「親や兄弟は」

「おらぬ」

「ふむ、天涯孤独の身か。ならばよいな」

「なにが」

「おぬしはじきに死ぬ。誰も悲しむ者がおらぬのなら、けっこうなことではないか」

いいざま幹之丞が体をひるがえす。

「きさま、なにをしに来た」

弥八は、分厚い背中へ声を放った。幹之丞が首だけを振り返らせる。

「今いっただろうが。おぬしがじき死ぬことを伝えに来たのよ」

「じき殺すのだったら、蟹江屋でどうして殺らなかった」

「なに、おきみに会わせてやろうと思ったまでだ。無事な顔を見ることができて、よかっただろう」

弥八はなおも問うた。

「若殿はどうしている」

幹之丞が体も向き直らせた。

「気になるか。元気なものだ。やつは人を一人、殺しおったぞ」

俊介は初めて人を殺めたのだろう。火の粉を払うために、仕方なくやったにちがいあるまい。

「どうして若殿を狙う」

「頼まれたからだ」

「誰に」

「いえるわけがなかろう」

「どうせ俺は死ぬのだろうが」

「冥土の土産にしたいのか。冥土に行けば、理由などすぐに知れる」

幹之丞がきびすを返し、階段を上ろうとする。だが、すぐに立ち止まった。首をねじ曲げて、弥八を見た。

「おぬし、生業は盗人か。答えはいらぬ。身に合っておろう」

木のきしむ音がしはじめ、影が頭上に消えていった。

やがてなにも聞こえなくなったが、代わりに、舷側を打つ波の音が耳に届きはじめた。揺れも少し大きくなった。風が出てきているのかもしれない。

弥八は、はっとした。この船はもしや風待ちをしていたのか。

だが、水夫たちに動きはない。

ふう、と弥八は大きく息をつき、床に静かに転がった。まだ当分は湊を出ないと考えていいのか。

左肩が痛くなってきた。弥八は俊介の顔を思い浮かべた。

それだけで痛みが引くような気がした。

なんとも不思議な男だな。

弥八はゆっくりと目を閉じた。今は休息のときだと思ったほうがいい。眠れるのなら、おきみのように眠るつもりだった。

二

ぎり、と唇を噛んだ。

殺してやりたい。あんな辱(はずかし)めを受けたのは、初めてのことだ。

蟹江屋のあるじ建左衛門は、俊介の顔を思い出していた。

殺したいのは、俊介よりもむしろ伝兵衛のほうである。あの年寄りは、とっととあの世に送るのが一番だ。

廊下を渡る足音がし、襖(ふすま)の前で止まった。

「いるか」

幹之丞の声だ。

「入ってくだされ」

建左衛門は丁重にいった。襖があき、幹之丞が顔を見せた。ずかずかと座敷に入り込み、建左衛門の前に立った。

「手ひどくやられたそうだな」

「たいしたことはありません」

幹之丞が小さく笑う。

「強がりだな」

背筋がかっと熱くなった。

「そんなことはありません」

「まあ、よかろう」

幹之丞がどかりと腰を下ろす。目を動かして、部屋を見回す。

「俊介たちはこの部屋に来たのか」

「さようでございます。手向かいするなと命じておいたゆえ、用心棒も奉公人もなにもしませんでしたので」

「手向かいしていたら、怪我(けが)ではすまなかったかもしれぬ。賢明な判断だ」

「ありがとうございます」

建左衛門は下げたくもない頭を下げた。

「手前は連れ去られそうになったのですが、似鳥さまはそのときどちらにいらしたのです」

幹之丞が首をひねる。

「熱田の手前か」

「なにをされていたのです」

「きしめんを食っていた。うまいな、あれは。やみつきよ」

「さようでございましたか」

おもしろくない顔つきで建左衛門は居住まいを正した。

「ところで、あの三人はいったい何者なのでございますか」

おっ、と幹之丞が驚いたようにいった。わざとらしさが鼻につく。

「話していなかったか」

「ええ」

幹之丞が自らの額(ひたい)をぺしりと叩(たた)く。まるで幇間(ほうかん)のような仕草だ。

「とっくに話していたと思っていた。蟹江屋、聞いて驚くな。俊介という男は、真田家の若殿よ」

一瞬、幹之丞がなにをいっているのかわからなかった。しばらく言葉の意味を、頭のなかで咀嚼していた。

「なんですって」

腰が浮いた。

「まことでございますか」

「ああ、まことのことだ」

「真田家の跡取りでございますな。その若殿がどうして尾張にいるのでございますか。大名家の嫡子は江戸に居住しなければならないという決まりが、厳としてあるはずでございます」

幹之丞がわけを話した。

「えっ、似鳥さまを追って江戸を出たのでございますか。しかも、家臣の仇討のために江戸を出るとは……」

信じられないという顔だ。

「そうだ。俺は頼まれて俊介を殺そうとしている」

「どなたに」

「それはいえぬ」

にべもなくいった。

「世話になっているのに、悪いが」

「いえ、峨太郎親分の頼みですから、お世話するのはかまいません」

建左衛門は幹之丞を見つめた。

「真田の跡取りは、手前を捕らえにまたやってくるでしょうな」

「おきみを取り戻すためだ。必ず来る」

「似鳥さまは、お力をお貸しくださいますな」

「いや、悪いが、なにもせぬ」

「では、指をくわえてご覧になっているだけでございますか」

「そうだ」

建左衛門は渋い顔をした。

「ならば、こちらで最も腕利きの者を呼び寄せますが、よろしいですな」

幹之丞がうなずく。

「異存はない」

幹之丞がにやりとする。

「最も腕利きか。それはどんな男だ」

「それは見てのお楽しみでございますよ」

建左衛門はまじめな顔でいった。俊介と伝兵衛が斬られ、くるくると回って倒れ込む場面が脳裏に浮かび、心中で一人ほくそ笑んだ。

三

なにも悪いことはしていない。

お尋ね者になったからといって、逃げ隠れする必要はない。

俊介は、落書きのされた木の壁を見つめた。

「俺たちは堂々としていればよいのだ」

俊介は宣するようにいった。仁八郎と伝兵衛の二人はあぐらをかいている。板の上である、正座は痛い。

「俺たちがすべきことは、おきみを捜し出し、取り返すこと、それだけだ」

仁八郎と伝兵衛が深くうなずく。

「おきみを見つけることができれば、同時に弥八も見つかろう。これだけつなぎがないというのは、あの男もつかまってしまったのであろう。我らの手で助け出すしかない」

「二人はどこにいましょう」

伝兵衛がたずねる。

「やはり船であろうな」

「どうして船だと」

「建左衛門の妾宅には、おひろだけが連れてこられていた。あのとき、おひろは悲しいのに眠ってばかりいたといった。船の揺れと舷側を打つ波の音。これらが合わさって、眠りに誘われるというのはままあることだ」

「しかし、船にいたのなら、さすがにわかるのではないですかな」

「おひろは、なにも思い出せないといっていた。それだけ心に受けた衝撃が大きかったということだろう。そのときは船だとわかっていても、ときがたって、思い出せなくなってしまうのも、わからぬではない」

なるほど、と伝兵衛がいった。

「船ですな。熱田湊でござろうか」

「まずな」

伝兵衛が眉根を寄せる。

「大船は三十艘以上、停泊しておりましたな。あのなかに蟹江屋の船があるのでござるな。探し出せましょうか」

「探し出す。船のことはろくに知らぬが、なんらかの目印があろう」

俊介はきっぱりといった。

「それに、湊の者にきけば、きっと教えてくれよう。あとは、目当ての船に近づく算段を考えねばならぬ」

「しかし俊介どの、もう船が湊を出たということは」

「考えられるが、今はそのことは考えぬ」

俊介は腕組みをした。

「よいか、伝兵衛、仁八郎。おきみたちの船はまだ熱田湊にいるのだ」

「はっ、承知いたしました」

二人がそろって頭を下げる。俊介は言葉を続けた。

「どうしておきみたちの船は湊を出ぬのか」

「はあ」

伝兵衛が間の抜けた声を発する。俊介は息を吐き出した。

「つまり、まだ船の荷が足りぬのではないか」

「それは娘のことでござるな」

伝兵衛が確かめていう。そうだ、と俊介は首肯した。

「まだかどわかす気でいるのではないか。船が一杯にならぬうちは、湊を出るつもりはないのだ。なにしろ異国が相手だ。ずいぶん遠くまで行かねばならぬのだろう。できるだけ多くの娘を積めば積むほど、利益も莫大なものになるのだろう」

「遠くまで行くのなら、相当の大船でないとなりませぬ」

いきなり仁八郎が大声を出した。声が壁にはね返って、耳がきーんとする。伝兵衛が耳を押さえる。

「わしがいくら耳が遠いといっても、仁八郎、もう少し小さな声で話さぬか」

「すまぬことをしました」

仁八郎がこうべを垂れる。

「麟吉という奉公人だが、店にいなかったな」

俊介がいうと、仁八郎が顎を引いた。

「岩賀村の村人だった者ですね」

「そうだ。木曽忍びの末裔だ」

「確かに、麟吉という男は蟹江屋におりませなんだ。他出していたようです」

「なんのために他出していたのか」

伝兵衛がはっとする。

「かどわかしのためでござるな」

「うむ。李兵衛によれば、麟吉は忍びの血を引いているのがわかる、敏捷そのものの男だという。かどわかしを仕事にしていることは十分に考えられる」

伝兵衛が顔を上げる。

「どうしますか。麟吉を捜しますか」

「麟吉を捜し出すのはまず無理であろう。待っているのがよい」

「えっ、待っているというと」

伝兵衛がたずねる。

「店を張るのですね」

仁八郎が勢いよくいう。また伝兵衛が耳を押さえた。

「すみませぬ」

「いや、まあ、よい」

仁八郎にいってから、伝兵衛が俊介に目を向けた。

「蟹江屋のそばで、麟吉の帰りを待つということにござるな」

そういうことだ、と俊介はうなずいた。

「かどわかしたおなごを麟吉が連れてくる。おなごは必ず船に乗せられる。湊の者にきかずとも、おきみの船がどれか、これでわかる」

「では、これより蟹江屋にまいりましょう」

伝兵衛が勢いよく立ち上がる。低い天井に頭がぶつかり、どん、と大きな音が立った。

俊介は目をみはった。仁八郎も驚いている。

のである。

「大丈夫か」

「平気でござる」

本当になんでもないという顔をしている。やせ我慢などではない。伝兵衛は石頭なのである。

仁八郎があたりの気配をうかがう。すっかり夜は明け、明るさが満ちている。六つを四半刻(しはんとき)ほど回っている刻限だろう。

「大丈夫です。誰もいませぬ」

仁八郎が平静な声音でいうと、伝兵衛が格子戸をひらいた。俊介たちは外に出た。

俊介は伸びをし、しばらくのあいだ根城としていた社を見た。狭い境内に建つ、無住の小さな社である。三人で入っていると、息苦しく感じられたほどだ。

俊介たちは背の低い鳥居をくぐり抜け、街道に出た。熱田に向かって歩き出す。街道沿いの店はすでにあき、旅人の姿も目立ちはじめている。俊介たちは東海道沿いの社にいたのである。

町奉行所から人が出ているかと思ったが、それらしい者の姿はない。俊介たちを捜し求め、大勢の者が駆け回っている様子を想像していたが、当てが外れた。

「舟の手配をしなければならぬな」

歩を運びつつ俊介はつぶやいた。

「おきみ坊たちのいる船に乗りつけるためのものでござるな」

「拝借できればよいのでございますが」

「無断で借りることができても、漕ぐことができぬ」

「それがしができもうす」

伝兵衛が自慢げに声を放つ。

「まことか。これまで聞いたことがないぞ」

「大丈夫にござる。それがしは、江戸生まれの江戸育ちでござる。小さな舟くらい、動かせまする」

「俺も江戸生まれの江戸育ちだが、櫓など握ったことはない」

「それがしも江戸生まれの江戸育ちでございます」

仁八郎が言葉を添える。

伝兵衛が胸をどんと叩く。

「とにかく、それがしにお任せあれ。俊介どの、大船に乗った気分でいらしてけっこうでござるぞ」

どうにも疑わしかったが、櫓を操れる者がほかにいない。今は、伝兵衛に任せるしかなかった。いや、それよりもずっとよい手立てがあることに俊介は気づいた。

「伝兵衛、ついでといってはなんだが、湊で舟を調達してくれるか」

「心得てござる」

「舟だけでない。櫓をしっかりと操れる者も見つけてくれ」

「えっ、それがしでは駄目でござるか」

「万全を期したいのだ」

「はあ、仕方ありませぬな」

立ち止まった俊介は人けのない路地に入り込み、ちょうど十枚の一分銀を財布から取り出した。

「このくらいあれば足りるか」

「二両半でござるな。十分でござろう」

伝兵衛が一分銀をつまみ、大事そうに巾着にしまい入れた。

「では、これより湊にまいります」

「うむ、舟と船頭を頼む」

「お任せあれ」

伝兵衛が胸を張って湊へと歩いていった。

「大丈夫ですか」

遠ざかる影を見やって、仁八郎は危ぶむ顔だ。

「大丈夫さ。任しておけばよい」

俊介は仁八郎をうながし、再び歩きはじめた。あたりには相変わらず町奉行所の者の姿は見えない。誰にも咎められることなく、俊介と仁八郎は蟹江屋のそばまでやってきた。近くといっても、さすがに半町以上はあけている。

「蟹江屋を見張るのは、前と同じでよいな」

仁八郎がうなずく。

「同じところというのは芸がありませぬが、やはりあの一膳飯屋は格好の場所にあります」

「やっているかな」

「やっているようです」

仁八郎がいい、俊介は暖簾が風に揺れているのを見た。

俊介たちは道を堂々と歩き、一膳飯屋の前にやってきた。旅人が何人も長床几に座り、今日のための腹ごしらえをしている。

俊介と仁八郎は暖簾を払った。いらっしゃいませ、と元気のよい声がかかる。

「あっ」

店の女将が声を上げる。

「またいらしてくださったのでございますね」

「うむ、ここの味が忘れられなくてな」

実際、鯵の塩焼きはひじょうに美味だった。

「またしばらくそこの小上がりを貸してもらえるか。借り賃は払うゆえ」

俊介は一分銀を二枚、女将に握らせた。

「またこんなにいただけるのでございますか。ありがとうございます。助かります」

俊介たちは草鞋を脱ぎ、小上がりに座を占めた。連子窓の向こうに蟹江屋がよく見える。店はすでにあけられ、奉公人たちが忙しく立ち働いているのが眺められる。その様子を見る限り、昨夜、あの店の裏手で捕り物が行われたことなど、幻だったのではないかと思えるほどだ。

俊介は鯵の塩焼きを頼み、仁八郎は鯖の味噌煮を注文した。

炊きたてのご飯と熱い味噌汁、それに歯応えのよい漬物。腹が空いていることもあり、俊介は飯のおかわりを二度した。小食の仁八郎も一度だけだが、おかわりをしてみせた。

「仁八郎、食べられるようになったな」

「おかげさまで。おきみちゃんはちゃんと食べているのでしょうか」

「今は食べていることを祈るしかないな。生きていてくれさえすればよいという気持ちもあるが」

食事を終えて半刻ほどたったとき、外を歩く伝兵衛の姿が見えた。俊介は連子窓越しに声をかけた。伝兵衛が一膳飯屋にやってきた。

「なにか動きは」

「いや、なにもない」

伝兵衛が仁八郎の隣に上がり込んだ。

「腹が空いただろう。なにか食べればよい」

「俊介どのは」

「もう食べた。仁八郎もだ」

「なにを召し上がったのでござるか」

俊介は伝えた。伝兵衛が、茶を持ってきた女将を見上げる。

「なにかすすめるものはあるかな」

「まだ旬には少し間がございますが、烏賊(いか)はいかがでございますか」

「うん、女将、今のはしゃれか」

女将があわててかぶりを振る。

「いえ、そのようなことは」

「烏賊は焼くのか」

「焼いたものと煮たものが両方つきます」

「それは豪勢だな。よし、そいつをいただこう」

女将が一礼して厨房に去った。

「楽しみだのう。烏賊はそれがし、大好物にござる」

「それはよかった」

俊介は、茶を喫している伝兵衛に真剣な眼差しを注いだ。

「首尾はどうであった」

伝兵衛が湯飲みを畳に置く。

「はい、よい舟と漕ぎ手を見つけもうした。前金で一分、支払いもうした。後金で三分、払うといってありもうす」

「どんな男だ」

「いえ、女でござる」

「女だと」

「腕は確かでござる。舟に少し乗せてもらいもうしたゆえ」

「何者だ」

「なに、漁師でござるよ。女手一つで、せがれ三人を育てているそうにござるぞ」

「ほう、それはたいしたものだ。亭主はどうした」

「急な病で失ったそうにござる」

「それは気の毒だな」

「はい、まことに」

そのとき女将がやってきて、伝兵衛の前に烏賊がのった膳がもたらされた。

「おう、こいつはうまそうだ」

伝兵衛が手にした箸を烏賊に伸ばす。途中でそれが止まった。

「どうした」

「いや、おきみ坊のことにござる。ちゃんと食べているのかと思って……」

くく、と嗚咽を漏らす。

「伝兵衛、泣いているときではないぞ。さっさと食べて、目を蟹江屋に向けぬか」

「あっ、はい、さようでござった」

伝兵衛が焼き烏賊を箸でつまむ。それを口に持ってゆく。

「うむ、うまいのう。おきみ坊にも食べさせたい」

伝兵衛はあっという間に平らげた。満足げではあったが、やはりおきみがいない寂しさを隠しきれずにいる。

四

その後、麟吉らしい男は姿を見せないまま、夕刻になった。

俊介たちはこの一膳飯屋で昼食も食べた。

この分では、夕食もここで食することになりそうだな、と俊介が思ったとき、仁八郎が小さく叫んだ。

「来ました」

俊介はさっと顔を向け、連子窓越しに蟹江屋を見つめた。

三人の男が荷車を引いていた。ちょうど蟹江屋の前に着いたところだった。荷台には四つの菰包（こもづつ）みがのっていた。ちょうど人が包まれているくらいの大きさである。

荷車の梶棒（かじぼう）を握っているのは若い男だ。夕闇の幕がうっすらかかっていても、左の目尻に大きなほくろがあるのは確認できた。男は敏捷そうな体躯（たいく）をしている。麟吉でまちがいなかろう。荷車は向きを変え、店の横の路地を入ってゆく。

「舟に乗せるつもりだな」

俊介は、蟹江屋の裏手に川が流れ、舟が舫（もや）われていたのを思い出した。

「よし、行くぞ」

俊介たちは草鞋を履いた。

「あっ、お帰りでございますか」

「うむ、とてもうまかった。長居して、申し訳なかったな」

俊介は女将に代を払おうとした。

「いえ、もういただいておりますから」

「飯の代はまだだ」

俊介は一分銀を一つ、女将に握らせた。

「では、これでな」

俊介たちは暖簾を外に払い、路上に立った。

「いかがいたしましょう。荷車を追って裏手に回りますか」

仁八郎がきいてくる。

「いや、湊に行こう。どのみち麟吉たちは川を伝って、湊に出るつもりでいるはずだ。湊で伝兵衛が調達した舟に乗り、やつらを待ち受けたほうがよかろう」

俊介たちは蟹江屋に背を向け、熱田湊に向かった。

湊には風はほとんどなかった。波はなく、海は大気の手のひらにぎゅっと押さえつけられたかのように凪いでいる。

「あれでござる」

伝兵衛が一艘の小舟を指さす。そこは、桑名行きの船が出る渡し場のすぐ近くだ。七つをとうに過ぎており、すでに渡し船は湊を出ることはなく、すべておとなしく舫われている。

小舟の上で、黒髪がたっぷりとした三十前後の女が、よく日に焼けた腕を胸の前である。

交差させていた。目が大きく、鼻が高い。顔立ちがととのった、なかなか美しい女で

「待たせた」

伝兵衛がいうと、女がかぶりを振った。

「いいえ。乗られますか」

「うむ、頼む」

俊介たちは三間ほどの長さの舟に乗り込み、舟の上で名乗った。

女は、おこま、という名だった。舟には漁具などが整理されて置いてあり、生臭いにおいが漂っていた。

「そなた、蟹江屋を知っているか」

座り込んで俊介はさっそくたずねた。

「はい、もちろん存じております。熱田の者で蟹江屋さんを知らぬ者はいないでしょう。木材を主に扱っておられる店で、大船をたくさん持っておられます」

「いま蟹江屋の大船が湊のどこにいるか、わかるか」

おこまが湊を見渡す。

「しかとはわかりませんが、もしかすると、一番沖にいる、あの大きな船ではないでしょうか」

俊介たちは、おこまの指さすほうへ目を向けた。一町ほど先に一艘の大船が停泊している。船の群れのなかで最も遠いところに位置しているのに、影の大きさは他の船とさして変わらない。長さよりも、腹の幅がほかの船とずいぶんちがうようだ。

「あれは千石船か」

「いえ、千五百石船か、もしかすると、二千石船かもしれません。きっと二千石船でございましょう」

俊介は驚きを隠せない。

「公儀の命で、船は千石までという決まりがあるのではないか」

おこまが苦笑いを見せる。そうすると、えくぼができて、年より若く見えた。

「それは昔の話でございます。特に江戸で人の数が増えたこともあって、たくさんの荷をいっぺんに運べる船が必要となり、次第に大きくなっていったようなのです。そのことについて、ご公儀もうるさくおっしゃってはいないようです」

「ふーむ、そういうものなのか」

目から鱗(うろこ)が落ちる気分だ。船は千石までしかつくれないと、ずっと思っていたのが、あっさりと打ち破られたのである。

「あの船は長いこと停泊しているのか」

おこまが考え込む。

「さようですね。はっきりとは思い出せませんが、かれこれ半月はあそこから動かずにいるような気がいたします」

「大船が、半月も停泊するのは珍しいことなのか」

「長いあいだ停泊していると、牡蠣(かき)やふじつぼがつきやすく、船底がでこぼこになってきます。そうすると、船足が格段に落ちます。そういうものがつかなくとも、虫がつきますから、放っておくと、船が腐ってゆきます。虫を退治するには船を陸に揚げて、船底を焼かなければなりません。長く停泊していて、いいことはほとんどないと存じます」

俊介はおこまに顔を向けた。

「蟹江屋の裏に川が流れているのを知っているか」

「はい、存じております」

「あの川は熱田の海に注いでいるのか」

「じかに注ぎ込んでいるわけではありません。あの川は蟹江屋さんが自力でひらいた水路でございます。熱田の町の東側を流れる精進川につながっています。精進川の河口は、あちらでございます」

おこまが指さす。そこは尾張家の東浜御殿の裏手のほうで、ここからは望めない。

「蟹江屋の裏を出た小舟は、精進川を下ってくるわけだな」

「さようにございましょう。河口が見えるところに移りますか」

「いや、ここでよい。ここにいても蟹江屋の舟を見失うようなことにはなるまい」

ふと、おこまが決意を固めたような目を向けてきた。

「あの、お侍方は蟹江屋さんとのあいだになにかあったのでございますか」

俊介は瞳に強い光をたたえた。

「蟹江屋は俺たちの大事な娘をさらった」

「えっ、まことでございますか」

「うむ、まことだ。やつらは、今も新たにさらった娘たちを船に連れていこうとしている。それが神隠しといわれているものの正体だ」

「神隠し……。お侍方の娘さんは、まだ見つかっていないのですね。それで蟹江屋さんの舟のあとをつけようとされているのですね」

「そういうことだ。一刻も早く取り戻さねばならぬ」

俊介はおこまに目を当てた。

「怖いか」

「いえ、怖くありません。嵐のほうがよほど怖うございます。——神隠しの噂が中山道のほうで流れているのは、知っていました。それに、蟹江屋さんが関わっているなど、夢にも思いませんでした。娘さんのお名はなんと」

「おきみという。町娘だ」

おこまが案外という表情を見せた。

「お武家でないのでございますね」

「ちとわけがあって、こたびの旅に同道している」

「お侍方は、どちらまで行かれるのでございますか」

「この旅がどうなるか、まだはっきりしておらぬが、九州まで行くことになるやもしれぬ」

「九州でございますか」

おこまが目をみはり、息をのむ。

「それはまた遠うございますね」

「うむ、遠いな」

「失礼ですが、お侍方はどのようなご身分のお方でございますか」

俊介は静かに告げた。

「俺はさる大名家の跡取りだ」

「ええっ」

おこまが目を丸くする。

「まことにございますか」

「本当のことだと思うか」

「はい、俊介さまとおっしゃいましたが、高貴なお方という感じが強くいたしますから」

「俺は高貴などではない。そなたと変わらぬ」

「いえ、そんな、滅相もない」

おこまが気づいたように東浜御殿のほうを見やった。

「来たようでございます」

俊介たちは素早く船底に身を横たえた。顔を少し持ち上げ、東浜御殿のほうを眺める。

おこまのいう通り、一艘の小舟が櫓の音をさせて、東浜御殿を回り込んできたところだった。櫓を漕いでいるのは一人で、体格からして麟吉のようだ。

小舟はわずかに船首を動かし、沖を目指しはじめた。濃くなりつつある夕闇を突き破って、例の大船にまっすぐ向かってゆく。

海流の影響か、小舟がこちらに近づいてきた。俊介たちは顔も隠した。

「菰包みは置いてあるか」

俊介は小声でおこまにたずねた。おこまが漁具の手入れをしながら、さりげなく蟹江屋の舟を見やる。

「ええ、置いてあります。四つの菰包みが見えます。もしや、あれがそうなのでございますか」

「うむ」

ぎいぎいという音が俊介の耳に届く。小舟は間近を通り過ぎようとしている。

櫓の音が遠ざかってゆく。なにごともなく行き過ぎていったのがわかり、俊介は顔を上げて小舟を見た。

麟吉の後ろ姿はのんびりとしており、鼻歌まじりのように見える。女たちを運ぶのは、慣れたものでしかないのだ。

「あの小舟がどの船に着けられるか、よく見ていてくれ」

俊介はおこまに頼んだ。

「承知いたしました」

おこまが立ち上がり、櫓を持った。強い眼差しを小舟に送っている。

小舟との距離は、もう半町近くある。まちがいなくあの大船に向かっているのだろう。

波が舷側を打つ音だけが俊介には聞こえてくる。いつか舟を持ち、櫓を漕いで釣りに出てみたいものだな、とこの場にそぐわないことをぼんやりと思った。

「舟が止まりました」

おこまが伝えてきた。俊介たちは船底に横たわったまま、大船のほうをそっと見やった。

麟吉の小舟が、あの大船の脇にひっついている。やがて、大船から二本の綱が下ろされてきた。それをつかんだ麟吉が菰包みに手早く巻きつける。麟吉が右手を上げると、菰包みが引っ張り上げられはじめ、すぐに大船のなかに消えた。

それが四度繰り返されて小舟は空になり、麟吉が再び櫓を漕ぎはじめた。

小舟は俊介たちのすぐそばを、またもや通り過ぎていった。麟吉はいやな目でおこまを見たのではあるまいか。ぎいぎいという音は遠ざかり、いつしか波の音にかき消された。

「大船に行きますか」

伝兵衛がきいてきた。

「まだだ。ここで夜が更けるのを待つ」

「そんなことをしているあいだに、あの船は湊を出てしまうかもしれませぬぞ」

危惧の思いをあらわに伝兵衛がいう。

「それはない」

俊介は言下にいい切った。

「なぜでござるか」

「伝兵衛、海を見ろ」

「夕日の名残を浮かべて、とてもきれいなものでござる」

「きれいなのは、波がないからだ」

「ああ、そういうことにござったか」

伝兵衛は納得した顔だ。

「凪ということにござるな」

「そうだ。風がなければ船は動かぬ」

俊介はおこまに目を移した。

「いつ頃、風が吹きはじめると思う」

おこまが顔を上げ、じっと空の様子を見はじめた。

「明日の明け方ではないかと思います」

「そのことは、あの船の船頭もわかっているはずだな。湊を出るのは、早くて明日の夜明けだ」

俊介たちは船底に寝転んで菰をかぶり、夜が更けるのをひたすら待った。

おこまはいったん家に戻り、三人の子供に食事を与えてから舟に戻ってきた。

「あの船の名がわかりました」

おこまがささやいた。俊介たちは少しだけ身を起こし、耳を傾けた。

「津島丸（つしままる）というそうでございます」

「蟹江と同様、津島も名古屋の西にある地名だな」

俊介はおこまに確かめた。

「さようにございます」

「蟹江屋のあるじの建左衛門は、そちらの出なのだろうか」

「建左衛門さんの父親が、そちらの出ではないでしょうか」

おこまが教える。

「蟹江や津島は木曽川など、木曽三川と呼ばれる大河のそばにあり、昔から水運が盛んでございます。津島のほうで力をつけた者が名古屋に出て、のし上がってゆくというのは珍しい話ではありません」

「ほう、そういうものか」

「川筋者は気性が荒く、名古屋のような町の者とは性根の据え方がちがいます。名古屋の者はまったく太刀打ちできませんから」

なるほどな、と俊介は相槌（あいづち）を打った。

「俊介どの、いま何刻でござろう」

伝兵衛が小声できいてきた。

「四つまで、あと四半刻ばかりではないでしょうか」

仁八郎が俊介の代わりに答える。ふむう、と伝兵衛がうなる。

「まだそのような刻限か。待っているときは、なかなか進まぬものよ」

俊介は、九つ過ぎに大船に乗り込むつもりでいる。

その頃ならば朝が早い船乗りたちは、きっと深い眠りについているだろうという読みだ。

「子供は大丈夫か。おっかさんがおらずとも寝られるものなのか」

俊介はおこまに問うた。ふふ、とおこまが微笑する。

「あたしは夜の漁にしばしば出ますから、子ども三人で過ごすのには慣れています」

「亭主は病で亡くなったときいたが」

おこまが目を落とす。

「すまぬことをきいた。今のは忘れてくれ」

「いえ、かまいません。もう五年も前のことですから」

おこまが暗い海に目を向け、語り出す。

「うちの亭主は酒にやられたようなものでございます。腕のよい漁師だったのですけど、酒が好きで好きでやめられなくて。お医者には命が惜しければやめたほうがよいといわれていたのに、酒をやめるくらいなら死んだほうがましだっていい張って。でも、いざ病に倒れたら、酒はもうやめるから、助けてくれってお医者に頼み込んでいました。お医者は一所懸命してくれましたけど、もうそのときには肝の臓がぼろぼろで、手遅れでございました」

「そうか。気の毒にな」

「俊介さまは、お酒がお好きでございますか」

「うむ、好きだな」

「ほどほどにされたほうがよいかと存じます」

「心しておこう」

俊介はこくりとうなずいた。

五

舟がすいと水面に出た。

おこまの舟は、ほとんど櫓の音がしない。俊介たちにはありがたいことこの上ない。

「櫓の音がせぬのは、どんな秘密があるのだ」

俊介はおこまに問うた。

「秘密なんてございません。ただ、手入れを怠らない、それだけでございます。音がするようになると、やはり女の身には櫓がひどく重く感じられるようになりますから」

おこまはなんでもないことのようにいうが、実際のところ、相当の熱意を持ってやらないと、こうはならないのではあるまいか。

湊は静かなものだ。物音も人の話し声も聞こえない。ほとんどの船が明かりを落としている。

おこまの櫓さばきは見事なもので、舟は船と船のあいだをすいすいと進んでゆく。目当ての津島丸が迫ってきた。おこまが櫓を漕ぐのをやめる。海上にかすかに響いていた音が消え、しんとなった。

舟は勢いを消しつつ、津島丸にゆっくりと近づいてゆく。

俊介は立ち上がり、見上げた。二千石船だけのことはあり、のしかかってくるような迫力がある。さすがに大きく、どこか城のようだ。船尾の舵（かじ）も巨大で、畳何畳分もあるように見える。舷側に設けられた垣立（かきたつ）は高い位置にあり、手を伸ばしたところで決して届かない。

俊介は仁八郎を見た。仁八郎がうなずき、鉤（かぎ）つきの縄を手際よくほうった。宙を飛んだ鉤は垣立に引っかかり、ごと、という音をわずかに立てた。

俊介はどきりとし、船上に注意を払ったが、人が起き出してくるような気配はなかった。

仁八郎が、鉤ががっちりとかかっているのを確かめてから、縄を頼りに舷側をよじ登りはじめた。

仁八郎がひらりと船内に姿を消す。しばらく津島丸の気配を探っていたようだが、垣立の上に顔を突き出し、俊介たちを手招いた。

「では、行ってくる。待っていてくれ」

俊介はおこまにささやいた。

「承知いたしました」

俊介は縄をつかみ、体をぐっと持ち上げた。伝兵衛がそのあとに続く。

俊介たちは船上に立った。暗さが満ちている。だが、俊介は東田道場での昼夜分かたぬ稽古の甲斐(かい)があって、夜目が利く。船内をじっくりと見回す。すぐそばに、胴の間と呼ばれる荷を入れるところが、大きく口をあけている。

「そこだな」

俊介は唇の形をつくって仁八郎に確かめた。

「はい」

仁八郎が返してきた。

「よし、行くぞ」

「おきみ坊……」

伝兵衛のつぶやきが届く。耳が少し遠いせいで、声が大きい。俊介は振り向き、人さし指を唇に立ててみせた。

「申し訳ござらぬ」

この声も大きかった。

「口を閉じておれ」

俊介は押し殺した声で命じた。だが、耳の遠い伝兵衛にはなんといったのか、わからなかったようだ。

「えっ、なんでござろう」

俊介は殴りつけたくなったが、我慢し、仁八郎を見た。

仁八郎は胴の間につながる階段に足をかけ、降りてゆこうとしていた。だが、一歩も踏み出すことなく動かなくなり、その場にとどまっている。

どうした、と俊介は声をかけたかったが、ひたすら待った。仁八郎はなにか異変を感じたに相違ない。伝兵衛も声を発することなく、腰を落としてじっと仁八郎を見ている。

仁八郎が不意に左側に向き直った。刀を抜き放つ。

それを見て、なにが起きたかわからないまま俊介は刀に手を置いた。伝兵衛も油断なく身構えている。

いきなり黒い影が立ち上がった。これまで矢倉板に伏せていたようだ。影は仁八郎に向かってゆく。

俊介は仁八郎に向かって駆け出そうとしたが、その前に数人の男に取り巻かれた。刀を抜き放った伝兵衛が俊介のそばに寄り、男たちと対峙する。どうやらいずれも浪人のようだ。それなりの腕利きをそろえていた。

俊介も刀を抜き、正眼に構えた。この様子では、待ち構えられていたようだ。こちらの動きは見え見えだったということか。だから、麟吉はまったく警戒することなく、この船に一人、向かっていったのだろう。

だが、これはむしろ望むところだ。全員を叩きのめし、必ずおきみを取り返してやる。俊介は心に決めた。

仁八郎が戦いはじめている。仁八郎の相手は忍び装束のようなものを身につけているようだ。斬撃が恐ろしく速く、足さばきも軽やかで、相当の強敵であるのは紛れもない。

だが、仁八郎はまったく動じていない。斬撃は敵よりももっと速く、敏捷さは比べものにならない。仁八郎は斬撃をかいくぐり、敵の懐に飛び込もうという動きを繰り返している。懐に入られたら、勝負は終わりである。それをなんとか阻止するために、敵はうしろに下がり続けている。

だが、船尾の舵のところに突き当たり、敵はそれ以上、下がることができなくなった。

敵が威嚇（いかく）するように刀を上段に構える。仁八郎が矢倉板を蹴り、かまわず飛び込んでゆく。無言の気合とともに、刀が振り下ろされる。仁八郎はまったくよけようとしない。動きの速さで上回ろうとしているのか。

そうではなかった。仁八郎がすっと頭をわずかに動かしたのだ。それだけで、刀は空を切っていった。見ていてこちらの肝が冷えるよけ方だが、仁八郎は敵の斬撃を完全に見切っていたのだ。

仁八郎が刀を横に払おうとしたが、思いとどまり、柄頭（つかがしら）を腹に叩き込んだ。どす、と音がし、敵が腰を折る。

仁八郎は、さらに敵の首筋に手刀を見舞った。その弾みで頭が引っ張られたように上がり、敵は矢倉板に倒れ込んだ。ぴくりともしない。気を失っていた。

俊介の前にいる浪人たちも、仁八郎たちの戦いに気を取られていた。あっけなく味方が倒されると、浪人たちから一気に戦意が失（う）せた。果敢に仁八郎に挑んでいっただけあって、あの敵が最も腕が立ったようだ。それなのに、まったく敵することなく矢倉板の上に沈んだのである。浪人たちの驚きと狼狽（ろうばい）が、俊介にははっきりと伝わってきた。

「失せろ」

俊介は静かに口にした。どうすればよい。迷った浪人たちが顔を見合わせる。一人がおびえたようにいきなり駆け出し、垣立を越えて身を躍らせた。激しい水音が俊介の耳を打つ。それに誘われたように残りの浪人たちも次々と海に飛び込んでいった。

それを目にした仁八郎が、倒した敵が握っている刀を蹴転がし、体を仰向けにした。

俊介と伝兵衛は近づき、男を見下ろした。まだ気を失ったままで、忍び頭巾の目は閉じられている。

仁八郎がしゃがみ込み、頭巾をはぐ。

「やはり」

仁八郎の口からつぶやきが漏れた。

俊介と伝兵衛は目をみはった。見覚えのある顔である。

俊介は名を思い出した。

「この者は確か井戸田保之助といったな」

「ああ、そうだ。そんな名であった。仁八郎の友垣ではないか」

井戸田保之助は、名古屋にある柳生新陰流の道場の門人である。

「それがどうしてこんなところに……」

伝兵衛が疑問を口にする。

「答えは一つですね」

仁八郎が無念そうにいった。

「井戸田どのは、蟹江屋の手先だということです」

仁八郎が、とぐろを巻いている縄を拾い上げ、保之助を縛り上げた。縄を垣立に巻きつけ、保之助が動けないようにした」

「戦っている最中、相手が井戸田保之助だと気づいていたのか」

「ええ」

言葉少なに仁八郎が答える。

「何度も竹刀で打ち合いましたから」

俊介たちは階段を使って胴の間に降りた。

視野に牢のようなものが映り込んだ。

俊介たちは足早に近づいた。娘たちが大勢いる。俊介たちを見て、おびえたような顔になった。俊介は闇を見透かした。小柄な影は一つしか見えない。床の上に疲れたように横になっている。俊介はどきどきした。よもやここまで来て、死んでしまっているなどということはあるまいな。

「おきみ」

俊介は呼びかけた。影の頭が上がり、こちらを見た。

「おきみ」

俊介はもう一度呼んだ。

「おじさん」

影が立ち上がり、駆け寄ってきた。がっちりとつかんだ格子に顔を押しつける。

「おきみ」

俊介の声が震える。

「おじさん、やっと来てくれた」

おきみが泣くのをこらえる顔になった。

「遅いよ」

「すまぬ」

俊介は頭を下げた。

「おきみ坊」

伝兵衛がおきみの顔に触れようとするが、格子に邪魔された。

「伝兵衛おじさん」

おきみが伝兵衛に手を伸ばす。伝兵衛が強くつかむ。

「おきみ坊、おきみ坊」

「伝兵衛おじさん、痛いよ」

だが、伝兵衛にはその声は届かない。赤子のように激しく泣き出した。おきみも耐えきれなくなったか、涙を流しはじめた。

「会いたかったよ、伝兵衛おじさん」

「わしもだ。おきみ坊、顔を見たかった。いま出してやるからな」

入口にがっちりとした錠が下りている。

「仁八郎」

俊介はうなずきかけた。仁八郎が深く顎を引き、錠の前に立った。刀を上段に構え、ためらいなく振り下ろした。

なんの音もしなかった。風を切る音も聞こえなかった。錠にも動きはない。仁八郎が刀を鞘におさめた。その瞬間、支えが外れたように錠が床の上に落ち、二つにぱかっと割れた。

伝兵衛が入口をあける。おきみが飛び出してきた。伝兵衛に抱きつく。しばらくそうしていたが、伝兵衛から離れたおきみが俊介に飛びついてきた。俊介は甘い香りを放つ体を思い切り抱き締めた。

「おじさん、会いたかった」

「俺もだ。よかった、無事で」

「必ず助けに来てくれるって信じていたわ」

「もっと早く助けに来たかった。すまなかったな」

「いいのよ、こうして会えたんだから」

伝兵衛が他の娘たちに出てくるように呼びかけているが、戸惑ったり、おびえたような顔をしたりするだけで、身を引いて牢の奥にとどまっている。

「みんな、大丈夫よ。この人たちは、私を助けに来てくれたの」

おきみが呼びかけると、娘たちに安堵の空気が流れた。

「出ていらっしゃいよ。外は気持ちがいいわよ」

娘たちがぞろぞろ出てきた。今日、この牢に入れられた者も併せて、全部で十人の娘がいた。一番上で十七、八といったところか。いずれも若い娘ばかりである。牢の外に出た娘たちは手を取り合って、喜びをあらわにしはじめた。

弥八がおらぬ。俊介は、もう一つ牢屋があることに気づいた。そこに入れられているのは、一人だけだ。男である。黙然と座り込んでいたが、すっくと立ち、俊介のほうに近づいてきた。縛めをされている。

「弥八」

「若殿」

感極まったような声を出した。

「弥八、無事だったか」

「なんとか」

弥八が恥ずかしげに身を縮める。

「こんな姿を見せたくはなかった。俺としたことが、しくじったものだ」

「弥八も人ということだ。へまをすることもあるさ」

「しかし、あんな大口を叩いておいて、このざまというのは……」

「気にするな。いま出してやる」

俊介は仁八郎を手招いた。仁八郎が牢の錠を再び真っ二つに切った。

「すごいな」

音もなく納刀した仁八郎を見やって、首を振り振り弥八が出てきた。

「若殿、いや、俊介どの、助かった」

俊介は刀を使って弥八の縄を切った。

「娑婆(しゃば)はよかろう」

「まったくだ」

俊介と弥八は笑い合った。仁八郎もそばに来て、うれしそうに笑みをこぼしている。

仁八郎がはっとして俊介を見た。

俊介は背後に殺気を感じた。刀を手にした男が斬りかかってきた。

——まだいたのか。

俊介は最初の斬撃はなんとか避けたが、体勢が崩れた。完全に油断していた。すかさず男が一気に踏み込んできて、刀を横に払う。体が崩れすぎていて、この二撃目は避けられそうになかった。初めて死を、間近なものと感じた。

だが、いつまでたっても、刃(やいば)は体を引き裂かなかった。

目を向けた俊介は、あとほんの一寸を残したぎりぎりのところで刀が止まっているのを見た。仁八郎の刀の柄に、刃がめり込んでいるのだ。刀を抜いていてはさすがの仁八郎でも間に合わず、刀を鞘ごと前に押し出したのである。

男が鬼の形相で仁八郎をにらみつけている。井戸田保之助である。縄でぐるぐる巻きにされたのに、どうして、と俊介は思った。

保之助が刀を引き、もう一度、俊介に斬撃を浴びせようとしてきた。仁八郎がすっと前に出た。腕が動き、抜刀する。直後、かすかに大気を切る音がしただけだった。

うぐっ。喉が詰まったような声を出し、保之助がどたりと倒れ込んだ。腹から胸にかけて、斬られている。仁八郎が抜き打ちに振り上げた刀が決まったのだ。

おびただしい血を流しつつ、両目をあけて保之助はすでに絶命していた。

「肩の関節を外し、縄抜けをしたのですね」

仁八郎が保之助を見つめてぽつりといった。

「先ほどそれがしにあっさりとやられたのは、俊介どのを殺すという目的があったゆえでしょう。井戸田どのにしては、あまりに弱すぎました。別の狙いがあることに気づかなければならなかったのに、それがしは自分の腕に過信があり、油断しました」

仁八郎が、保之助の目を閉じる。それから手刀を顔の前に立てたが、がくりと首を落とした。背中が寂しげだ。肩を震わせている。

俊介も保之助の冥福を祈った。どういう理由かわからないが、保之助は蟹江屋の走狗になっていたのだ。だが、死んでしまった今、生前なにをしていたかは、もはや関係ない。できれば極楽に行ってほしい。

俊介は背後に目を感じた。さっと振り向いた。人影が一瞬、見えた。幹之丞ではないか。直感した。俊介は走り出した。

「俊介どの、どうされた」

伝兵衛が追ってくる。仁八郎も駆け出したのが、気配から知れた。

階段を上りきった影はこちらを振り向いた。

「似鳥幹之丞っ」

俊介は怒鳴った。階段を駆け上がる。幹之丞が消えた。俊介は階段を上がりきる手前で止まらざるを得なかった。だが、幹之丞は襲ってこなかった。俊介は胴の間を出た。

垣立の前で立ち止まり、幹之丞が笑っていた。俊介は頭に血がのぼった。だっと駆ける。幹之丞が垣立を乗り越えた。水音は聞こえてこない。俊介は垣立の下を見下ろした。幹之丞が小舟に乗り、見上げていた。配下らしい男が櫓を漕いでいる。舟は揺れているが、幹之丞の体はびくともしていない。

俊介はおこまの舟で追うことも考えたが、こちらとは反対側にいる。飛び乗ったところで間に合わない。伝兵衛と仁八郎、弥八、おきみも出てきて、幹之丞を見ている。

無念。俊介はぎりと唇を嚙み、ただ幹之丞を見送るしかなかった。

六

娘たちが証拠だった。

俊介は名古屋町奉行所同心の稲熊郷蔵に働きかけた。郷蔵は上の者に知らせ、町奉行が動いた。船手奉行にことの次第が知らされ、蟹江屋に捕り手が乗り込んだ。

あるじの建左衛門はあらがわず、その場で捕まった。逃げようと思えば逃げられただろうが、それをしなかったのは、覚悟があったからか。衰運になった者はどう動いたところで裏目に出てしまうものだ。一気に成り上がった商人だけに、そのあたりの機微はよくわかっていたのかもしれない。

建左衛門は死罪になるということだ。財産はすべて没収された。主立った者たちもつかまった。麟吉はどうやら逃げのびたようだ。

それらのことを、俊介は郷蔵から聞いた。

材木問屋の井無田屋のあるじ敦左衛門と番頭の恭造を殺したのは、建左衛門の命だった。敦左衛門は建左衛門と手を組んで木曽檜の盗伐をしていたのだが、建左衛門の目を盗んで横流しをしようと企んでいた。運送を生業としている轍造という頭に会い、ひそかに打ち合わせをしたのだが、その動きは建左衛門にばれていた。

建左衛門は刺客を送り、容赦なく三人を殺した。刺客は仁八郎の友垣だった井戸田保之助である。おきみをかどわかしたのも、保之助である。轍造を殺したとき、口封じをしただけだったが、そのあとときがたつにつれ、おきみに顔を見られたような気になり、落ち着かなくなってしまったのだ。それで旅籠の厠で待ち構え、おきみをかどわかしたのである。

保之助は建左衛門に恩があった。保之助がまだ十四のとき、父が病にかかって医者の助けを必要としたとき、それまで縁もゆかりもなかったのに、いきなり金を出してくれたのだ。

結局、父の病は重篤で、助からなかったのだが、保之助は建左衛門に返しきれぬ恩義を感じた。

建左衛門は、保之助を江戸に剣術修行にも出してくれた。そのとき保之助は仁八郎と知り合ったのである。

建左衛門はどこかで保之助の剣を見て、その素質を見抜き、はなから自分のためだけに働く殺し屋に仕立てるつもりでいたにちがいない。

俊介を討て、といわれたとき保之助はどんなことを考えたのだろう。考えに考えた上で、仁八郎には申し訳ないが、俊介を殺すことに決めたにちがいない。

そして、仁八郎に敵しないことを知り抜いていた保之助は、わざとあっけなく負けてみせるという策を考えついたのだろう。

おひろの消息については、はっきりしない。だがきっと母親のもとに戻ったのではあるまいか。きっと今はもうもとの幸せな暮らしを送っているだろう。


名古屋を旅立つ前、俊介は約束通り、郷蔵におのれの身分を告げた。

「えええっ」

郷蔵がのけぞって驚く。信じられないというように、まじまじと見てきた。

「真田の若殿……」

口のなかでつぶやいた。

「郷蔵、いうては駄目ではないか」

俊介はやんわりとたしなめた。

郷蔵があわてでまわりを見渡す。佐屋街道を行く者は多いが、俊介たちの会話に気を取られた者はいなかった。

郷蔵は俊介の手を押し戴いた。

「一生の記念になりもうす」

「大袈裟だな」

俊介は快活に笑った。

「では郷蔵、これでな。達者で暮らせ」

「俊介さまもお元気で。旅のご無事をお祈りいたします」

うむ、とうなずき、俊介はくるりと体をひるがえして歩き出した。仁八郎がすぐ前に出る。仲よく手をつないだ伝兵衛とおきみが、俊介のうしろに続いた。

「弥八のおじさんはどこに行ったのかしら」

おきみがまわりを見ていう。

「どこに行ったのかなあ。いないねえ」

伝兵衛が好々爺そのものの声を出す。

俊介も弥八のことは気になっている。津島丸で別れたきり、姿を見ていないのだ。先に行ったのかもしれない。きっと似鳥の姿を追い求めているのだろう。居場所を突き止め、今回の借りを返すつもりでいるのだ。

名古屋をあとにした俊介たちは街道を進み、佐屋の宿場にやってきた。渡し船に乗り込み、木曽川を下った。

桑名に着き、名物の焼き蛤をほおばった。

東海道を歩きはじめると、行く手に鈴鹿峠が立ちはだかっているのが望めた。東海道でも名うての難所だが、どこか勇壮な感じがする。

「おきみ」

俊介はしゃがみ込んだ。

「乗るか」

「いいの」

「遠慮はいらぬ」

「うれしい」

背中に重みがかかる。俊介は軽々と立ち上がった。

「少し重くなったかな」

「そうかな」

「ああ、おきみ、もっと大きくなれ」

「うん、がんばって大きくなるわ」

俊介はおきみを背負い直した。

名古屋ではよい者たちに会えた。

郷蔵、女衒の銀吉、おこま、木曽忍びの杢兵衛と娘の菊江。五人とも一生忘れられない者たちだ。

辰之助の仇討の旅だが、俊介は江戸を出られた幸せをしみじみと感じた。

俺には、かけがえのない仲間がいる。人は一人では生きてゆけぬ。

背中のあたたかな重みは、紛れもない幸福の証である。

七

文を引きちぎり、庭に投げ捨てた。

こんな文は読みたくなかった。

稲垣屋のあるじ誠太郎は顔を苦々しげにゆがめた。

文は鉄砲放ちの善造が送ってきたものだ。むろん、誠太郎にじかに届いたものではない。あいだに立った者が手渡してきたのだ。

文には、これまでに二度俊介を狙ったが、二度ともしくじったと記されていた。これからも狙い続け、必ず仕留めるから安心するようにとも書かれていた。

必ず仕留める。この言葉を信じてよいものか。誠太郎は判断に迷った。果断さが売りなのに、これほど迷うことは滅多にない。

少なくとも、安心はできない。

誠太郎は、江戸で一番という触れ込みの腕利きの刺客を雇ったのである。得物は鉄砲で、旅の途上にある俊介を殺すのは、まずむずかしいことではない、と思ったものだが、ことは思惑通りに運ばなかった。

誠太郎は音を立てて座敷に座り込んだ。

ここは、大目付の池部大膳と真田家の国家老である大岡勘解由を引き合わせた場所である。

真田家には、稲垣屋からの莫大な借財がある。殿さまでさえ、自分には頭が上がらない。

だが、まさか誠太郎が俊介の命を狙っているとは誰一人として思うまい。勘解由も知らない。

誠太郎は、似鳥幹之丞が俊介を狙っていることは知っているが、あの男の腕を信用していない。だから、自分の力で俊介を殺そうとしている。

新たな殺し屋を送り込むべきか。

いや、と心中でかぶりを振った。

今は善造という鉄砲放ちにまかせよう。

またしくじったら、新しい刺客を雇えばよい。

すっかり冷めた茶を喫した。ひどく苦い。

ぎゅっと口を引き結んで誠太郎は目を閉じた。

一刻も早く俊介を屠(ほふ)り、次の階梯(かいてい)を上りたい。

目をひらいた。

きっとやれる。望めば、ことはなんでもなるものだ。

薄暗い部屋のなかで、おのれの目が獣のようにぎらついていることを、誠太郎ははっきりと感じ取っている。

小学館文庫
好評既刊

突きの鬼一

鈴木英治

ISBN978-4-09-406544-2

美濃北山三万石の主百目鬼一郎太の楽しみは月に一度の賭場通いだ。秘密の抜け穴を通り、城下外れの賭場に現れた一郎太が、あろうことか、命を狙われた。頭格は大垣半象、二天一流の遣い手で、国家老・黒岩監物の配下だ。突きの鬼一と異名をとる一郎太は二十人以上を斬り捨てて虎口を脱する。だが、襲撃者の中に城代家老・伊吹勘助の倅で、一郎太が打ち出した年貢半減令に賛同していた進兵衛がいた。俺の策は家臣を苦しめていたのか。忸怩たる思いの一郎太は藩主の座を降りることを即刻決意、実母桜香院が偏愛する弟・重二郎に後事を託して単身、江戸に向かう。

勘定侍 柳生真剣勝負〈一〉召喚

上田秀人

ISBN978-4-09-406743-9

大坂一と言われる唐物問屋淡海(おうみ)屋の孫・一夜は、突然現れた柳生家の者に御家を救えと、無理やり召し出された。ことは、惣目付(そうめつけ)の柳生宗矩(むねのり)が老中・堀田加賀守(かがのかみ)より伝えられた、四千石の加増にはじまる。本禄と合わせて一万石、晴れて大名となった柳生家。が、大名を監察する惣目付が大名になっては都合が悪い。案の定、宗矩は役目を解かれ、監察される側に立たされてしまう。惣目付時代に買った恨みから、難癖をつけられぬよう宗矩が考えた秘策が一夜だったのだ。しかしなぜ召し出すのが商人なのか？　廻国中の柳生十兵衛も呼び戻されて。風雲急を告げる第一弾！

死ぬがよく候〈一〉月

坂岡 真

ISBN978-4-09-406644-9

さる由縁（ゆえん）で旅に出た伊坂八郎兵衛は、京の都で命尽きかけていた。「南町の虎」と恐れられた元隠密廻り同心も、さすがに空腹と風雪には耐え切れず、ついに破れ寺（やでら）を頼り、草鞋（わらじ）を脱いだ。冷えた粗菜にありついたまではよかったが、胡散臭（うさんくさ）い住職に恩を着せられ、盗まれた本尊を奪い返さねばならぬ羽目に。自棄（やけ）になって島原の廓（くるわ）に繰り出すと、なんと江戸で別れた許嫁（いいなずけ）と瓜二つの、葛葉（くずのは）なる端女郎（はしじょろう）が。一夜の情を交わした翌朝、盗人どもを両断すべく、一条戻橋（いちじょうもどりばし）へ向かった八郎兵衛を待ち受けていたのは……。立身（たつみ）流の秘剣・豪撃（こわうち）が悪党を乱れ斬る、剣豪放浪記第一弾！

小学館文庫
好評既刊

浄瑠璃長屋春秋記 照り柿

藤原緋沙子

ISBN978-4-09-406744-6

三年前に失踪した妻・志野を探すため、弟の万之助に家督を譲り、陸奥国平山藩から江戸へ出てきた青柳新八郎。今では浪人となって、独りで住む裏店に『よろず相談承り』の看板をさげ、身過ぎ世過ぎをしている。今日も米櫃(こめびつ)の底に残るわずかな米を見て、溜め息を吐いていると、ガマの油売り・八雲多聞がやって来た。地回りに難癖をつけられていたところを救ってもらった縁で、評判の巫女占い師・おれんの用心棒仕事を紹介するという。なんでも、占いに欠かせぬ亀を盗まれたうえ、脅しの文まで投げ入れられたらしい。悲喜こもごもの人間模様が織りなす、珠玉の第一弾。

――本書のプロフィール――

本書は、二〇一二年三月に徳間文庫から刊行された同名作品を、加筆・改稿して文庫化したものです。

小学館文庫

若殿八方破れ（二）木曽の神隠し

著者　鈴木英治

二〇二〇年十月十一日　初版第一刷発行

発行人　飯田昌宏
発行所　株式会社 小学館
〒一〇一-八〇〇一
東京都千代田区一ツ橋二-三-一
電話　編集〇三-三二三〇-五九五九
販売〇三-五二八一-三五五五
印刷所―――中央精版印刷株式会社

この文庫の詳しい内容はインターネットで24時間ご覧になれます。
小学館公式ホームページ　https://www.shogakukan.co.jp

ISBN978-4-09-406828-3